Gorch Fock
Nach dem Sturm.
19 Erzählungen zum 20. Todestag

SEVERUS Verlag

ISBN: 978-3-96345-008-2
Druck: SEVERUS Verlag, 2018
Neusatz der Originalausgabe von 1936
Coverbild: www.pixabay.com

Satz und Lektorat: Sarah Schwerdtfeger

Der SEVERUS Verlag ist ein Imprint der Diplomica Verlag GmbH.
Bibliografische Information der Deutschen Nationalbibliothek:
Die Deutsche Nationalbibliothek verzeichnet diese Publikation in der Deutschen National-
bibliografie; detaillierte bibliografische Daten sind im Internet über http://dnb.d-nb.de
abrufbar.

© SEVERUS Verlag, 2018
http://www.severus-verlag.de
Printed in Germany
Alle Rechte vorbehalten.
Der SEVERUS Verlag übernimmt keine juristische Verantwortung oder irgendeine Haftung
für evtl. fehlerhafte Angaben und deren Folgen.

Gorch Fock

Nach dem Sturm
19 Erzählungen zum 20. Todestag

SEVERUS

MIX
Papier aus verantwortungsvollen Quellen
Paper from responsible sources
FSC® C105338

Inhalt

De sotten See 3

Hornsriff 10

Hans Hinnik 16

Nach dem Sturm 28

Das weiße Kleid 34

»In Gotts Nomen Hinnik!« 42

Nordostpassat 47

Ditmer Koels Tochter 55

Der Gebliebene 65

»Lieken-Kassen« 71

Karen 79

»Wedder een bleben.« 86

Hans Otto 91

Der Heuerbaas 97

Herbst entgegen 105

Die sieben Tannenbäume 111

Eine Weihnachtsfahrt 118

Unser Ewer 128

Finkenwärder Karkmess 138

Worterklärung 143

De sotten See

Ein Tropfen Tinte sitzt in meiner Feder und will verschrieben sein.
 Was ist es, das mich wiegt? Wo bin ich? Was klirrt da? Ist es mein Schwert? Oder habe ich nur geträumt? Sind wir schon auf der Nordsee, haben wir das Skagerrak schon hinter uns, und ist unser Ziel, das Eiland Heiligland, schon in Sicht gekommen? Was da unter und neben mir gluckt und plätschert und gurgelt: ist das schon das grüne Wasser der Nordsee, von dem der Skalde gestern erzählte? Es muss wohl so sein, denn diese Dünung ist nicht mehr so lang wie die des Atlantischen Weltmeeres! Es wird den alten Seekönig von Herzen freuen, dass unser Drachenschiff so schnelle Fahrt gemacht hat, in vier Tagen vom Hardanger bis Heiligland, und er wird morgen lachen, wenn es Tag geworden ist! Vielleicht gießt er wieder einen Becher roten fränkischen Weins in das Meer, wie er tat, als der junge König von Heiligland um seine Enkelin warb! O Gerda, nach der sich die Augen aller Schiffsgenossen immer noch drehen, ob du gleich Braut bist und zu deinem Bräutigam fährst, du bist schön wie die Sonne, die aus der See steigt! Die stillste See kann den blauen Himmel nicht so widerspiegeln, wie dein Auge es tut. Stünde ich mit dir auf dem hohen, roten Felsen, blickte ich mit dir über das weite Meer, wiese ich dir die Segel in der Tiefe und die Wolken, die an der Kimmung aus dem Wasser steigen, du Königskind, ich wollte lachen wie der lichte Balder! Denn ich liebe dich wie die See, und die See liebe ich wie dich, – und niemals hat ein Wiking ein größeres und tieferes Wort gesprochen als dieses. Steuern wir nach der Hochzeit nordwärts, der Mitternachtsonne entgegen, so lehnst du nicht mehr mit wehendem Haar am Mast, Gerda. Niemals höre ich dein Lachen wieder, – aber mir bleibt die See, die hohe Trösterin, deren Atem alle Wunden heilen kann. Sie wird dem Wiking helfen! Murmelt nur weiter, Wellen am Bug, und erzählt mir vom Meere …

Abermals sitzt ein Tropfen Tinte in meiner Feder und will verschrieben sein.

Ich habe die Augen geöffnet und erkenne, dass ich geträumt habe! Ich liege nicht im Bauch des nordischen Drachens, sondern auf der Diele eines Fischerfahrzeuges, unseres Ewers, und stecke in einem alten, geflickten Focksegel, in das ich mich der Sommerhitze und der aufrührerischen Wanzen wegen eingewickelt habe. Unter meinem harten Lager strömt das Wasser, das wir im Raum haben, von einer Seite nach der andern. Es gurgelt im Bünn, dem großen Fischkasten, und es klatscht im Wasserfass. Die Ölröcke und Südwester, die an der Decke hängen, scheuern unruhig hin und her, als baumelten sie im Winde. Gegen den Bug aber springen und hüpfen die Wellen der Nordsee und kluckern wie junge Enten im Graben. Was sie mir erzählen wollen, das haben sie schon Siegfried und Hagen sagen wollen, als sie die Fahrt nach Island unternahmen! Und wenn es auch noch kein Menschenohr begriffen hat: gefreut und erquickt hat es schon abertausend Menschenherzen und wird sie immer erquicken, so lange es eine See auf der Welt gibt. Aber nun singt mich wieder in Schlaf, ihr Wellen, ihr Seen, denn wir sind mitten im Streek, fischen zwischen Helgoland und dem Weserfeuerschiff auf Zungen, und wenn ich nicht geschlafen habe, kann ich keine gute Wache gehen. Noch einmal blicke ich durch die offene Kapp nach dem tiefdunklen, sternenbesäten Nachthimmel hinauf, sehe den dunklen Großtopp durch die Sterne wandern, höre die Gaffel knarren und den Bestmann schnarchen, dann nimmt der schwere, gleichmäßige Schritt des wachhabenden Schiffers an Deck mich mit, und der Schlafbaas mustert mich wieder an.

Abermals sitzt ein Tropfen Tinte in meiner Feder und will verschrieben sein.

Immer noch dieser schwere Schritt auf dem Achterdeck! Oder ist es ein anderer? Ja, der Schritt ist dumpfer ... Schwarz und tot treibt die mächtige Kogge hinter Borkum auf der stillen See. Bis auf den Mann im Krähennest und den leise summenden Posten auf dem hohen Bord scheint das ganze Schiff zu schlafen. Über die Stengen und Wanten kriecht der Mondschein. Wie in schwerem Bann ist die See erstarrt. Zu Stahl scheint sie geronnen zu sein. Ringsum kein Schiff und kein Land, nur die tote See. In der Admiralskajüte aber wacht ein Licht und wachen zwei Menschen. Wie ein Gespenst wandelt der Schatten des langen Klaus Störtebeker an der Wand. Ruhelos geht der junge Seeräuber auf und ab. Mitunter hebt er das geblümte flandrische Tuch und blickt aus dem kleinen Guckloch über die mondbeschienene Wasserfläche, dann nimmt er seine Wanderung wieder auf. Quälen ihn seine wilden Taten, oder hält der Madeirawein ihn wach? Der rotbärtige Godeke Michels, sein Spießgeselle, der auf der halbmondförmigen Bank sitzt und kaum noch die müden Augen offen halten kann, sagt zuletzt: »Tu es, Klaus, nimm die junge Gesina und bleib an Land, tu dem alten Grafen den Gefallen und gib die Seefahrt auf, überlass mir die Schiffe, lass Messen lesen und werde ein ehrlicher Kerl an Land. Von Schottland bis Tunis gibt es kein zweites Weib wie Gesina, und sie liebt dich.« »Sie liebt mich,« wiederholt Störtebeker langsam. »Ein geruhiges Leben hinter Deichen, zwischen Menschen und Weibern und Blumen, keinen Sturm und keine Not. Gesina ist schön. Und doch: nein, Godeke! Meine Meerfahrt ist mir lieber als das beste Weib!« »Du bist ein Hansnarr,« murrt Michels, als Störtebeker jetzt an den alten Ostfriesen schreibt. Geräusche und Gespräche unterbrechen jäh die nächtliche Stille an Deck: die Schaluppe muss zu Wasser, damit der Brief sofort bestellt werde. Als das Geknarr der Riemen in der Weite verklingt, wendet der Seeräuber sich von der Reling, blickt noch einmal nach den riesenhaften Fledermausflügeln hinauf und tritt wieder in seine Kajüte. Er hat sich der See verschrieben, das weiß er.

Abermals sitzt ein Tropfen Tinte in meiner Feder und will verschrieben sein.

Ich muss auf einer Segelöse, auf einer Kausch gelegen haben, denn mein Rücken schmerzt. Oder hat die mütterlich-sorgliche Natur mich geweckt, die weiß, dass wir alle drei Stunden unsere Kurre einziehen. Ist es an der Zeit? Ich öffne die Augen: es ist hell, die Sterne sind verblasst! Da ruft es auch schon singend zum Einziehen. »Intehn! Intehn!« »Jo,« antworte ich und »Jo« echot es in der Steuerbordkoje. Wir schlafen während der Fahrt und Fischerei in voller Kleidung, ich brauche deshalb nur die langen, schweren Seestiefel anzuziehen, die von Tran und Schuppen glänzen: denn von der See ist nicht das geringste zu sehen. Segeln wir auf der Milchstraße? Alles Wasser ist mit einer dünnen, aber dichten, undurchdringlichen

Schicht weißen Gewölks bedeckt, dass nicht eine Welle zu erkennen ist. Und die weiße Decke liegt nicht still, sondern fliegt schnell mit dem Morgenwind nach Osten und reißt doch nirgends ab. Die Sonne ist noch nicht aufgegangen. Seltsam ist es. Wären luvwärts nicht die holländische Tjalk und der Fischdampfer in Sicht, die mit Steven und Wanten aus der Morgenmilch ragen, ich könnte glauben, mit einem Luftschiff über den Wolken zu fahren. Mit einem Luftschiff, wie wir es dwars von Spiekeroog sahen, als wir, von einer Windstille heimgesucht, mit schlaffen Segeln und schlagenden Schoten in der stetigen Dünung trieben und nicht fischen konnten. Da stieg es im Nordosten aus der See wie ein helles Segel. Wir wusste n erst nicht, was wir aus dem Wölkchen machen sollten, dann aber erkannten wir durch das Glas den Zeppelin, der den Meeresflug wagte, und sahen ihn nun in unsere Einsamkeit hineinwachsen. Immer höher stieg und immer größer wurde die gelbe, kantige Leinwand. Da sickerte schon der Lärm der Motoren herab. Das singende Brausen der neuen Zeit erhob sich. Unglaublich schnell kam das Luftschiff näher: wir hatten schon die Köpfe im Nacken, da, als es über uns stand und seinen Schatten auf die helle See warf, senkte sich der Bug des Riesen, bis der Kiel seiner Stahlgondeln die See berührte. Er fuhr auf dem Wasser entlang, wie um uns recht zu verhöhnen, uns Windjammerer. Ich hätte mich gar nicht gewundert, wenn er eine Kurre zu Wasser gelassen und gefischt hätte. Die Leute schöpften Wasser als Ballast aus der See. Keine dreißig Faden von unserem Ewer brauste die hohe Wand vorbei. Ich winkte nicht mit, aber Tränen stiegen mir ob solcher Menschenkraft und Menschenschönheit in die Augen. Das neue Geschlecht der Meeresherren! Das alte der Meeresknechte trieb regungslos mit alten Segeln in der Windstille und blieb meilenweit zurück. Ein Riesenvogel, der aus der See getrunken hatte, erhob der Zeppelin sich wieder vom Wasser und zog in Leuchtturmhöhen davon. Wie wünschte ich in diesem Augenblick der Hilflosigkeit einen Sturm herbei, um dem fliegenden Schiff zeigen zu können, dass auch wir lebten und webten! Wie seine deutsche Flagge wehte! Immer mittelalterlicher und zurückgebliebener kam ich mir vor. Erst am Abend, als wir ein starkes Gewitter bekamen, als der ganze Heben eine Feuersbrunst war und der Donner uns umstürmte und umknallte, als der Regen auf uns niederströmte, als würde er mit Eimern ausgegossen, als wir auf der hochgehenden Dünung tanzten, erst dann vergaß ich des Luftfahrers. Alles konnte der Zeppelin doch nicht machen: hier brauchte es doch noch der Schiffe und der Seeleute! Und das tröstete mich, so viel Seen auch über den Setzbord stiegen, und so heftige Sprünge der Ewer auch machte, wir hielten stand. Nun stehen wir auf dem weißen Daak, lassen die Fock fallen und hieven, schwer arbeitend, das Schleppnetz, die Kurre, auf. Wie seltsam, ob es gleich alle Tage so ist: eben noch nichts zu erblicken, und nun sind wir schon von hundert äugenden und schreienden Seemöven umflogen und umkreist! Hiev, hiev! Wer denkt an Möven, wenn die Kurre eingezogen wird! Hiev! hiev! Endlich haben wir den Steert, das Ende des Netzes, in der Talje, der Knoten wird gelöst, und die See speit ihre Fische aus, ihre Zungen und Schollen, ihre Steinbutten und Rochen, Knurrhähne und Petermännchen. Wie glänzen die Schuppen, die weißen Bäuche in der Morgensonne, die aus der See gestiegen ist und den weißen Nebel von der Diele gefegt hat! Wie schnappt alles nach Wasser, wie springt alles in Angst und Todesnot durcheinander! Sonst habe ich das nicht gesehen, ich sah immer nur ein fröhliches Klappern und Spaddeln, das mir das Herz erfreute, aber seit dem furchtbaren Traum habe ich Augen für die Qualen bekommen. Wir lagen vor Wind in Bremerhaven und hatten einen alten Janmaaten in der Kombüse, der mit unserm Bestmann verwandt war: das gab einen Abend alter deutscher und englischer Matrosenlieder, einen Abend Passatwind, Liniensonne und Kapsturm. Die Nacht darauf träumte mir das Grauenhafte, dass ich an Deck ging, als gerade die Kurre aus der See kam! Heftig erschrak ich, denn die Luft war erfüllt von tausend Schmerzenslauten, von tausend Todesschreien, von tausend Angstrufen! Alle Fische hatten Stimmen bekommen und jammerten ihre Qual in die Luft! Und es schrie nicht nur bei uns, sondern auch auf den andern Schiffen: die ganze Nordsee war erfüllt von diesem Röcheln und Schreien, das so furchtbar anschwoll, dass wir es nicht auszuhalten vermochten! Wir flüchteten zitternd, verkrochen uns in die Kajüte und bebten, als erwarte uns ein Weltgericht! Furchtbares Grauen!

Abermals sitzt ein Tropfen Tinte in meiner Feder und will verschrieben sein.

In Lee steht ein mächtiges Viermastvollschiff in der Sonne und schiebt sich langsam vorwärts! Es ist ein deutsches! Mit hundert weißgrauen Segeln steuert es dem Weltmeer entgegen. Meine Wünsche schwirren wie fliegende Fische um seinen Steven, und meine Sehnsucht hängt sich an seine höchsten Rahen! Da mit können! Große Fahrt tun! Nimm mich doch mit, du großer Laeisz, du Königin des Atlantik! Ich sehne mich nach hundert Tagen ohne Land, ich möchte unter der Linie getauft werden und möchte auch das düstere Kap Horn einmal in mein Leben hineinragen sehen! Ich möchte dich sehen, wenn du die Stürme abschüttelst, du Viermaster!

Schöne Geschöpfe gehören dir, Meer, herrliche Kinder sind dein! Was ist ein Haus gegen ein Schiff, was ist ein Schreiber gegen einen Seemann? Was ist das erstarrte Land gegen dich, atmende, wogende See? Ein Leichnam gegen einen Lebendigen!

O, ihr Schiffe auf der See, und du Dünung du! Ihr Tage und Nächte, ihr Wolken und Winde: was seid ihr an Land? Nichts! Und was seid ihr auf See? Alles, alles, was uns die Seele bewegt!

Ich grüße dich, du kleine Galliote, die du so tapfer deinen Kurs steuerst. Kommst du von Schweden und willst nach England? Du kleiner Mann auf der Back: wiegte dich deine Mutter dort in dem schönen Land der Wälder und Seen auch so gut, wie die See dich jetzt wiegt?

Da – der Dampfer »Vaterland«, die schwimmende Stadt, das mächtigste Schiff der Welt! Wie eine Erscheinung! Ich hole die Flagge aus der Achterplicht. Wir brauchen sie sonst nur, wenn ein Kriegsschiff in Sicht kommt, aber das größte und schönste Gebilde der deutschen Hand zu grüßen, hole ich sie dennoch freudig auf! Überschiff du! Wie der englische Kohlenkasten qualmig auf seiner schwarzen Schornsteinpfeife raucht, als ob es ihn verstimmte, dieses *Made in Germany*!

Noch ein Blick nach dem Schoner und den nachbarlichen Fischkuttern, und dann lass es genug sein, See. Die Möwen sind weggeflogen, unsere Fische sind auf Eis gebettet, die Kurre pflügt wieder den Meeresgrund, und das Deck ist gedweilt: ich kann wieder drei Stunden schlafen! So wiege mich wieder in Träume hinein, du große, gute See! Und lass mich bei der harten Fischerei niemals vergessen, dass du schön bist wie nichts auf der Welt, wie kein Wald und kein Berg! Noch habe ich es keinen Augenblick vergessen, und allen Witwenkleidern und Tränen zum Trotz soll das Herz daran festhalten! Und sollte mir einmal der Fliegende Holländer begegnen, das todverkündende Geisterschiff, sollte die Sonne ihren Schein verlieren wie auf Golgatha, sollten meine Masten brechen und meine Segel in den Wind fliegen, sollten die Notanker nicht mehr halten, sollten die Luken einschlagen und die große Sturzsee ehern heranwogen und Klar Deck machen, solltest du mich holen, schöne, wilde See, so will ich in aller meiner Not doch erkennen, dass mein letzter Blick deiner größten, höchsten Schönheit gegolten hat.

Ihr aber, ihr Jungen, Lebendigen, setzt weiter Segel auf! Beflaggt eure Schiffe und grüßt die deutsche See, ihr deutschen Jungen! Wiegt euch auf der Dünung und freut euch der Sonne auf den Meeren und Gewässern!

Hornsriff

In Bergen, zwar nicht dem Hamburg, aber doch dem Altona des Nordens, hatten wir den Abend vorher Abschied von Norwegen genommen. Unbeirrt und unerbittlich wies das Bugspriet unserer schwanenweißen Lustjacht »Meteor« nach Süden und drängte eine Seemeile nach der anderen zwischen die Welt der Edda und uns, ob ich gleich im Geheimen bettelte und wimmerte: Kein Ende, kein Ende!

Wir hielten uns an der Windseite des Wandeldecks auf – to Luv – und standen im Zeichen des Schuffleboard. Die blonde, seegebräunte Alsterhamburgerin, die sonst um diese Zeit mit ihrem Indianerboot beim U. F. zu rudern pflegte, spielte mit mir gegen die gnädige Frau Horchmüller, die in einem fort von ihren vortrefflichen Ponys erzählte, und gegen Herrn Chen, der beileibe kein Chinamann war, sondern aus der Porta-Nigra-Stadt stammte und seinen Spitznamen von der moselfränkischen Verkleinerungssucht bekommen hatte, mit der er von Schuhchen, Leutchen, Bootchen, Wellchen, Dampferchen, Schiffchen und anderen Dingerchen redete. Grün geht an Bord vor Rot (das Steuerbordlicht ist grün, die Steuerbordwache aber ist die bessere, weil He dortoheurt, de Koptein, unsres Herrgotts Stellvertreter auf den Planken) deshalb hatten wir von der Wasserkante die grünen Scheiben genommen. Und die Steuerbordfarbe brachte uns wirklich Glück, so dass wir die besten Felder besetzen und behaupten konnten, bis mit einemmal das Vorzeichen zum Hauptmahl erklang und unsern Siegesplan durchkreuzte. Die Spielerinnen stellten eilig die Schaufeln hin und huschten nach ihren Kammern hinunter, um sich mit Hilfe der Stewardessen umzuziehen. Auch wir Herren mussten der Bordsitte nachkommen und uns gesellschaftsfähig und gesellschaftswürdig machen.

Während ein Matrose die Gerätschaften nach dem Trockenraum trug, warf ich vom Achterdeck einen langen Blick über die See, auf der eine ziemlich hohe Dünung stand, die Folge eines vorhergegangenen schweren Südweststurmes, und suchte dann meine Kammer auf.

Die Lackschuhe, an denen mein Kammersteward sein Meisterwerk vollbracht zu haben schien, warteten schon draußen auf mich. Ich erfasste sie behutsam, hakte die Tür auf und betrat mein kleines, wohnliches Gemach, riegelte ab und zog die weißen Bordschuhe und den Deckanzug aus, um dafür in den Smoking und die Erde und Himmel widerspiegelnden Lackschuhe zu gleiten. Nach einem Blick in den Spiegel rannte ich nach vorn und besuchte den Schermeister. Als ich wieder vor dem Spiegel stand, war ich mit mir zufrieden. Es ging so für den Freitag.

Mit der gleichgültigen Miene eines Weltbummlers, der nicht nur Rom, Neujork, Honolulu und die Pyramiden, sondern auch die Taj Mahal, den Näröfjord und die Reeperbahn hinter sich hat, betrat ich nach dem zweiten Hornruf den Speisesaal und schritt über den weichen Teppich auf meinen Tisch zu. Der erste Tischsteward hatte meinen Stuhl schon gedreht, ich ließ mich gleichmütig nieder, indem ich meine Nachbarschaft freundlich und wohlerzogen begrüßte, breitete die Serviette nach Tanzstundenvorschrift über die Knie, schrieb eine Halbe Oppenheimer auf, ließ die Blicke über die Speisekarte wandern und hielt das Glas gegen das Licht, als ob ich wirklich etwas vom Wein verstünde. Ich ließ mich von meiner Nachbarin in ein Gespräch über Nietzsche hineinziehen und blickte dabei über den glänzenden Speisesaal, der mit seinen weißen Wänden, dem schimmernden Silber, dem rotverhängten Lampenlicht, den farbenfrohen natürlichen und künstlichen Blumen, den lachenden australischen Äpfeln, den dunkelroten spanischen Orangen, dem funkelnden Wein und dem perlenden Schaumwein wirklich vergessen ließ, dass wir dreißig Faden Wasser unter uns hatten und auf der grauen Nordsee schwammen. Unsere gnädigen Frauen und Fräulein (wir haben nur gnädige an Bord!) überbieten einander an Schönheit, Anmut und Liebenswürdigkeit. Wie die Augen blitzen, wie die Haare glänzen, wie die Wangen sich gerötet haben, wie hell das Lachen über die Tische klingt! Wie die Ringe, Ketten und Armbänder das Licht auf sich ziehen! Welche Anmut und Dichtung liegt in dem Neigen der Köpfe, in den Bewegungen der Arme! Die kleine Flämin ist kaum wieder zu erkennen: aus der unscheinbaren Raupe ist ein bunter Schmetterling geworden. Die lebhafte Wienerin trägt das dunkle Haupt wie eine Königin und der Nacken der schönen Mecklenburgerin ist »weiß wie eines Denkmals Alabaster«, was auf Shakespeare zurückgeht.

Des Hausmaklers weiße Brust nimmt es mit norwegischem Firnschnee an Reinheit auf. Der Freiherr von Undzu sieht aus wie ein Graf, der gefürstet zu werden verdient.

Ich löffle die Suppe, die nach Karl dem Großen benannt ist, und schweife von Nietzsche zu Dehmel hinüber, während mein Nachbar zur Linken, der niederbayrische Brauer, mir zum zehnten Male das Rudel wilder Renntiere vorführt, das er droben auf dem Fjeld hinter Marok gesehen haben will, obgleich ich nur an das Rudel zahmer Rentiers hier an Bord glauben kann. Der Kabeljau nach Diepper Art erscheint auf der Tafel und mein Gegenüber, der ewigknipsende Oberlehrer, der Ballin wegen des fehlenden Bindestriches in der Hamburg-Amerika-Linie gram ist, leitaufsätzelt abermals über den Drang der Deutschen nach der See und spielt mit dem griechischen Jubelruf »Thalatta«, der eigentlich bald mit Zwangsarbeit bestraft werden müsste.

Tafelmusik fehlt uns natürlich auch nicht. Lohengrin spielt sie. Leise hebt und senkt sich unser Schiff, wiegt und schwingt uns wie in Schlaf und Traum. Mein Blut wogt mit und gibt mir einen schönen Traum ein von müheloser Meerfahrt im Smoking, während die Stewards lautlos die Teller wechseln, die Musik aus Verdis Rigoletto spielt und das gnädige Fräulein mich über Morgenstern und Mombert zu Rainer Maria Rilke geschleift hat.

Meine Lordschaft passt mir wie der Smoking, ich gehöre zu dem Geschlecht, das im Hellen sitzt und aus dem Vollen schöpft, und spiele meine Rolle mit großem Behagen, wenn auch Grabbes Mephisto spöttisch am Fockmast lehnt und mir zublinzelt: Da ist es, wo die Menschheit glänzt, beim Schein der Lampen oder der Raketen!

»Was für ein Schiff ist das?« fragt die Lyrische mich. Ich habe gerade mit einem jungen Vierländer Küken zu tun, stehe aber als höflicher Mann auf und blicke aus dem Bullauge.

Kenn' ich dich, Schiff? Ja, ich kenne dich!

»Hornsriff-Feuerschiff«, sage ich gleichmütig und setze mich wieder, um weiter zu essen. »Ein oller Seemann von Anno Tobak«, setze ich lächelnd hinzu ... »Vor der jütischen Küste, querab von Esbjerg ... nein, Land ist nicht zu sehen, ist noch 25 Seemeilen entfernt ... Wie? ... Etwa hundertfünfundzwanzig Seemeilen bis zur Elbmündung noch ...«

Hornsriff!

Ich stehe wieder auf und blicke abermals durch das runde Fenster mit dem blanken Messing wie durch einen goldenen Ring, nach dem roten unscheinbaren Anderthalbmaster, der in der Dwarsdünung liegt und weit überholt. Es kommt mir vor, als ob er den Kopf schüttelte und sagte: Es ist Betrug! Du betrügst die See! Dir gehörten hier nicht Smoking, nicht weiße Weste, nicht Lackschuhe: das ist Betrug: dir gehören hier Ölrock und Isländer und Seestiefel! Irre dich nicht; nicht diese weiße Vergnügungsjacht, deinen Schwan, wie du ihn nennst, dürftest du unter den Füßen haben, sondern du musst auf einem kleinen armseligen Fischerfahrzeug stehen! Nicht dieser hochzeitliche Speisesaal: die enge Kambüse passt zu dir! Und nicht diese Speisenfolge bis zum Nachtisch hinunter: ein Knöbel Roggenbrotes, eine Pfanne gebratener Klüten und eine Muck schwarzen Kaffees! Fürst-Pückler-Eis? Eis in Eiskisten, schmutzig vom Schleim der Steinbutt und Zungen! Musik aus dem Troubadour? Gedonner der Schoten, Geknarr der Gaffeln, Gequiek der Giekbäume! Neben einem schönen Mädchen sitzest du und sprichst über neue deutsche Dichtung? Weißt du, wo dein Platz ist? Unter dem Besansegel am Ruder, hinter dem Kompass! Dort musst du drei Stunden wachen und steuern, allein auf dem einsamen Meer, und deine Augen zwischen dem Wasser und den Segeln und der Windrose hin und her wandern lassen! Fischen und kreuzen musst du hier – was du tust, ist nichts als Betrug!

Hornsriff? Ja – Hornsriff! Ich bin Hornsriff! Besinn dich dieser Gründe, dieser Gewässer! Hier sprang der Wind jäh um, und der Wind wurde zum Sturm, und der Sturm wurde der grauen Hamburger Kuff und ihren Menschen über; hier ging der Großmast über Bord, hier flog die Besan weg, hier steckten sie die Schiffspapiere in die Binnentaschen, als der Tod sich riesengroß erhob. Und hier gingen sie unter, dein Großvater, dein Oheim und der Pellwormer: dieselben Seen, die dich jetzt geruhig wiegen, gingen ihnen über den Kopf hin und spielten mit den aufsteigenden Blasen. Keine hundert Faden von hier zog der Bremerhavener Fischdampfer ein und hatte einen halben Kurrbaum im Netz, der die Zeichen *H. F. 54* trug. Dort ist Hans Hinniks Kutter kopfheister gegangen, dort schwamm Hans Hinnik in der kochenden See, Hans Hinnik, den du manchmal in stiller Seenacht angerufen hast, wenn eure Schiffe in Rufweite aneinander vorbeikreuzten. Was riefet ihr? Was de Fang?, wie die andern Fischer? Nein, ihr riefet: Magst noch leben? Magst noch fischen? – Dwars von hier ist eine andere Stelle! Dort hat die Fockschote den jungen Hein Mewes über Bord geschlagen. Du weißt, dass sein Vater deepdenkern darüber geworden ist und jetzt in der Irrenanstalt vor sich hinbrütet. – Nicht weit von hier trieb der entmastete Ewer von Jan Külper in der haushohen See, drei Tage und zwei Nächte halb unter Wasser, bis der englische Fischdampfer ihn aufpickte. Jan Külper, der jetzt mit neuen Masten kurrt und fischt! Der der See nicht untreu geworden ist!

Das ist Hornsriff, nicht dieses Gesäusel und Gemäusel! Was siehst du das kleine Feuerschiff jetzt so minnachtig an? Erscheint es dir jetzt so klein? Als ihr damals in der Windstille mit hängenden, steilen Segeln vorbeitriebt, ihr windhungrigen Gesellen, erschien es dir doch groß und schön, wie es leicht und geruhig in der Dünung tauchte. Du verglichst es in Gedanken mit einem rothaarigen, dänischen Mädchen auf der Langen Linie von Kopenhagen. Wenn ihr hier kurrtet, hat nicht dein Auge stundenlang an dem alten Feuerschiff gehangen? Abermals sage ich dir: Was du jetzt tust, ist Betrug!

Ich setze mich langsam nieder und sage: Schweig, Hornsriff! Als ich hier fischte in harter Mühsal, nass und verklamt, da habe ich mich gesehnt nach diesem großen, weißen Traumschiff mit seinen Lichterreihen und seinen wehenden Schleiern; jetzt, an Bord, soll ich mich wieder nach der bitteren Fischerei sehnen, nach den geflickten, griesen Segeln?

Darauf antwortet eine andere Stimme: Das sollst du! Als du in Molde vor dem Altarbild saßest, schlugst du das abgegriffene Salmenbog auf, das vor lag, und lasest: Mit Rige er ikke af denne Verden. Daran erinnere dich: Dein Reich ist nicht von dieser Welt! Du gehörst nicht zu Wein und Tafelmusik, nicht zu Schuffleboard und Schiffsliegestuhl, nicht zu Dinner und Lunch, nicht zu Smoking und Lackspitze! Du gehörst zu den Feuerschiffsmatrosen, die dort an der Reling stehen!

Das sind deine Brüder, die dort auf dem Kutter die Fock fallen lassen, um die Kurre einziehen zu können! Das ist dem Volk, das dort auf dem Fischdampfer sitzt und die Schellfische zumacht, von Möwen umflogen, das in schwerer Arbeit die See pflügt! – Das ist deine Welt, deren braune Segel das Wasser beschatten, die plattdeutsch spricht und keine Lieder hat; deren Blutes und Sinnes bist du und wirst du ewig bleiben, Fock! Hier ist Hornsriff, die Grenze, hier beginnt deine Nordsee, tu ab den Traum und den Trug, denn dies ist keine Seefahrt und gar nichts!

Ich nicke meinem Tisch verloren zu und stehe auf. Als ich durch den Speisesaal gehe, kommt es mir vor, als wenn die Lichter trüber brennten, und als wenn die Frauen geschminkt wären.

In meiner Kammer ziehe ich mich rasch um und gehe barhäuptig nach oben, vorbei an den Kreidefeldern des Schuffleboard, vorbei an der kaffeetrinkenden Gesellschaft in der Laube, vorbei auch an dem feiernden norwegischen Lotsen mit seinem landmaal-plattdeutsch-englischen Universalkitt von Sprache wandere ich, hinauf nach dem windigen Bootsdeck, auf dem sich niemand aufhält.

Ich stelle mich an das Geländer und blicke unverwandt nach dem kleinen Fischkutter mit den braunen Segeln und nach dem roten Feuerschiff von Hornsriff und erwürge einen schönen Traum.

Hans Hinnik

Hans Hinnik – warum geht er mir gerade heute durch den Sinn? Macht es die schwüle Sommernacht am Ruder, oder gibt es Mächte, die den Toten rufen können?

Hans Hinnik – das war ein Mensch für sich, eigenartig und wunderlich schon in jungen Jahren. Ich entsinne mich, dass er als Kind einen scheuen Blick hatte und die vor ihm stehenden Leute nie recht ansehen konnte. Aber das Ferne, Weite sah er ruhig, fest und groß. Er sprach nicht so viel als wir anderen Jungen, aber er sprach lauter: er war wohl der kleinste unseres Rudels, aber auch der gebräunteste.

Er wagte alles und gewann – nichts.

Die Gedanken liefen ihm zu weit voraus.

* * *

Einmal hatte es nachts etwas gefroren. Über die seichten Grüppchen zwischen den Wiesen glitten, 'glinserten' wir mit großem Geschrei. Dann kamen wir an den breiten Landscheidegraben, der das hamburgische Finkenwärder von dem lüneburgischen Finkenwerder trennt. Unter der dünnen Eisdecke drohte die schwarze Tiefe.

Einige von uns warfen Steine und Kluten auf das Eis, andere hielten sich an den Erlen fest und versuchten, mit einem Bein auf der glatten Fläche zu stehen. Ganz hinauf getraute sich keiner – nur Hans Hinnik. Der überlegte eben, wie er (wenn er drüben wäre) von der anderen Seite abspringen wolle, maß fünf Schritte zum Anlauf ab, schnellte auf das Eis und – brach in der Mitte des Grabens ein. Wir hatten Mühe, ihn herauszufischen, denn er war mit dem Kopfe unter das Eis geraten – aber von dem Tage an stand er bei uns groß angeschrieben, und wir sorgten dafür, dass er bald auch bei den andern Jungen »as 'n fixen Kirl bi de Klütenpann« galt. Diesen Ruf behielt er. »Jumpten« wir über die Gräben und kamen wir dabei an breite Stellen, die keiner überspringen mochte, dann war Hans Hinnik es, der aus den Holzpantoffeln schlüpfte und mit Hurra in den Graben stürzte. Gab es Obst zu trollen, dann war Hans Hinnik es, der sich als erster über die Kästelten schwang und seiner Lage nicht entgehen konnte. Nahmen wir Krähen- und Elsternester aus, dann war Hans Hinnik es, der in den höchsten Baum kletterte und vier Wochen lang mit verbundenem Kopf umherlaufen musste.

Seine Hasenjagd auf der Wisch, sein Storchangeln auf dem Fall, der Ochsenritt auf dem Westerdeich, die Binsenschiffahrt nach Nienstedten hinüber – alles endete bös, aber als ein herzhafter Junge leuchtete er vor uns allen.

Ich sehe ihn noch.

Und auch das letzte von Hans Hinnik weiß ich noch so gut, als wenn es erst gestern gewesen wäre, – und ist doch schon fünf Jahre her …

Heiß und rauchdunstig war es in Madams Saal an jenem Sonntag. An den Wänden perlten helle Tropfen, die Fenster waren beschlagen und unter der Decke sammelte sich das Gewölke.

Ornd, der schon an die dreißig Jahre bei Klaus Mewes als Knecht fuhr, saß vorn am Tisch und högte sich, dass er zwei Wohltäter gefunden hatte, junge, lebensfrohe Fischer, die erst kurze Zeit mit neuen Kuttern unterwegs waren. Eigentlich waren es Judas-Silberlinge, denn er hatte ihnen heimlich verraten, dass Guste Mewes diese Reise mit zur See führe. Er wusste wohl, dass beide bannig nach der blonden Deern guckten, und weil er das Geheimnis lediglich deshalb preisgab, um ihr die Seefahrt so moi wie möglich zu machen, so wollen wir keinen Seeamtsspruch über ihn fällen, über den Schalk von Ornd mit dem faltigen, glatten Gelehrtengesicht.

Guste stand hoch und stolz in der Reihe der andern geschmückten Mädchen und sprach mit ihren Freundinnen. Nach den Junggästen zu gucken, die die andere Seite des langen Saals einnahmen, hatte sie nicht nötig. Ihre festen Tänzer, junge Kutterschiffer, waren ihr gewiss. Unter einem Kutter und unter einem Schiffer tat sie es nicht, und die bevorzugten Fünf oder Sechs sorgten auch schon selbst hinlänglich dafür, dass kein Knecht oder gar ein dreister Koch an sie kam. Wen sie am liebsten hatte, blieb allen verborgen: mehr als gelacht und gescherzt hatte sie eigentlich noch mit keinem, von einigen Gutnachtküssen abgesehen.

Frei war sie und frei war auch ihr Blick. Ein starkes, blühendes Geschöpf, kerngesund, dazu wetter- und seefest. Das vor allem war ihr Stolz, denn darin war sie allen Mädchen vom Deich voraus, die die See noch kaum gesehen hatten. Guste aber war noch jeden Sommer einige Reisen mit hinaus gewesen.

Es freute sie, dass es morgen wieder seewärts gehen sollte, und sie dachte mit Wohlgefallen an die See und an die lustige Fischerei. Da draußen um Helgoland war es besser als hier, wo sie sich begaffen lassen musste wie eine auf der Bühne!

Vor der Schenke stand Hans Hinnik und rührte angelegentlich seinen Grog um. Er war spät gekommen und hatte noch kein einziges Mal getanzt. Eigentlich hatte er überhaupt zu Haus bleiben wollen, aber seine Mutter hatte ihn weggejagt, damit er einmal unter Leute komme und sich auch einmal als Schiffer zeige. Denn Hans Hinnik hatte sich einen Ewer von Blankenese gekauft: zwar war es nur ein alter Kasten, aber es war doch immer ein Ewer.

»Schullst man een utgeben up dien nee Schipp«, lachte einer, der früher mit ihm zusammen gefahren hatte, aber Hans Hinnik löffelte ruhig seinen Grog und kehrte sich nicht an den Spötter.

Als er indessen gleich danach die hintere Wand des Saales betrachtete nach Kindergewohnheit, da kam es ihm vor, als seien aller Augen auf ihn gerichtet, den Schulhäuptling, als wunderten sie sich alle, dass er so untätig und still dastand, und als erwarteten sie eine Tat von ihm. Er dachte weiter darüber nach und nahm sich vor, ihnen einmal etwas vorzutanzen. Sein Blick überflog die bunte Reihe der Mädchen und blieb an Guste Mewes hängen, der besten Deern. Er hatte noch niemals mit ihr getanzt, obgleich sie als Kinder viel zusammen gespielt hatten, aber heute, wo er Reeder und Schiffer geworden war, wollte er einmal mit ihr tanzen. Das schien es auch zu sein, was sie von ihm erwarteten, oder er kannte sie schlecht. Mit eins trat er in die Mitte des Saales und rief laut gegen die Musikantentreppe: »Walzer!«

Viele hörten es und sahen ihn belustigt an. »Hans Hinnik will danzen, Hans Hinnik will danzen ... Du, lapp man nich de Snut ... Krieg man keen Dreucheeber vör'n Steven! ... « Derart waren die Zurufe, die ihn umschwirrten. Die Musik fing mit lautem Gebrumm an zu spielen, und Hans Hinnik bahnte sich einen Weg durch die andrängenden Mädchen, bis er vor Guste stand. Etwas scheu, aber auch trotzig nickte er ihr zu mitzutanzen, aber sie tat, als sähe sie ihn nicht und winkte Jan Greun heran, der mit Ornd am Tisch saß. Jan stand auch sofort auf und kam heran. Als ob nichts geschehen sei, nahm Guste dessen Arm und trat mit ihm vor.

Hans Hinnik stand da wie ein Narr und begriff das Spiel, das mit ihm getrieben wurde. Heftig fasste er Guste an: »Wullt du nich mit mi danzen?«

»Jan is eher kommen«, gab Guste scharf zur Antwort.

»Dat is nich wohr, Guste«, schrie Hans Hinnik erregt, aber Jan schob ihn nachdrücklich an die Seite, lachte breit und laut und sagte mit gutmütigem Spott: »Danz du man mit dien Zegenbuck!«

In diesem Augenblick legten die Musikanten mit gewaltiger Lungenkraft los, wie sie stets zu tun pflegten, wenn ein Streit im Saal entstand, und Hans Hinnik wurde von den tanzenden Paaren fast umgerissen.

Als aber der Schnellwalzer zu Ende war, standen die beiden jungen Seefischer einander Aug in Aug gegenüber.

»Jan Greun, du müsst nich meenen, wat du allens moken kannst«, sagte Hans Hinnik, sich mühsam beherrschend, aber der riesige Jan lachte ihn aus: »Ruhig Blot, Hans Hinnik, anners kriegst du de Utsettung!«

»Wullt free Deel?« fragte da aber Hanns Hinnik ausbrechend, und Jan sagte vergnügt: »Jo! Kumm man her, wenn du'n Kirl büst!«

Freedeel – der alte Schlachtruf pflanzte sich im Saal fort, und das Tanzen hörte für eine Weile auf. Die Spielleute legten die Blasdinger weg. Die Deerns stellten sich auf die Stühle und Tische, damit sie besser sehen konnten. Die Jungen aber drängten zusammen und schlossen einen weiten Kreis um die beiden Kampfhähne, damit keiner ungerechten Beistand erhalte. Gleichwohl bildeten sich erregte Gruppen hin und wieder. Auch die Friedensstifter waren am Werke.

Zuerst hatte es ein großes Gelärm und Hallo gegeben, – nun wurde es aber allmählich stiller und stiller.

Denn was sich fassen wollte, waren keine Handwerksburschen. Das waren auch keine unvernünftigen Jungen, die nach dem ersten Glas Grog übereinander herfallen.

Jans riesenhafte Kraft war bekannt am Deich. Er zog ein Boot allein aufs Bollwerk und schleppte den schweren Hamenanker fünfzig Schritte weit, und wenn es sein musste, hievte er auch die Kurre ohne Hilfsmann ein, – niemand mochte mit ihm anbinden. Aber auch dem gewandten, stewigen Hans Hinnik trauten sie etwas zu. So erweckte diese Schlägerei eine große Spannung im Saal.

Hans Hinnik schüttelte trotzig den Kopf, dann riss er sich von den Männern des Friedens los und ging Jan auf die Jacke. Es wies sich bald, dass er dem Riesen nichts anhaben konnte. Wie er auch zuschlug und sprang, wie er auch riss und zerrte: fest, wie auf seinem Deck stand der große Jan auf dem glatten Saal und ließ seinen Gegner ruhig in Schweiß kommen.

So rangen sie lange miteinander, bis es dem Kleinen gelang, dem Großen einen heftigen Stoß unters Kinn zu versetzen.

Da gröhlte Jan Greun laut wie beim Rüschen mit der Kreek: »Reine Bohn! Arms und Been köst Gild!« – und kegelte Hans Hinnik den Saal entlang, dass es zu hören war. Hans Hinnik warf sich blitzschnell mit dem Gesicht auf den Boden und bedeckte sich mit den Händen den Kopf, um die Fäuste nicht so stark zu fühlen.

Jan kniete auf seinem Rücken und hatte ihn mit der Linken im Genick gepackt. Die Rechte hob er zum Schlage.

Da nahm aber ein großer Haufe der Junggäste den Part des Unterlegenen: »Jan Greun, lot em los!« scholl es drohend.

»Kommt ji ok man noch mit her,« rief der Riese, »denn is't een Afwaschen!«

In diesem Augenblick trat aber auch Guste Mewes dazwischen. Sie hatte sich in den Kreis gedrängt und beugte sich zu Jan nieder: »Lot em los, Jan,« bat sie dringend.

Auch Jacob, der zweite von Ornds Wohltätern, legte sich ins Mittel: »Fierobend, Jan,« sagte er.

Da stand Jan auf, wieder Herr über sich, und drückte Guste die Hand.

Die Musik fiel brausend ein, und der Ring löste sich.

Hans Hinnik aber schlich gesenkten Hauptes hinaus und wriggte unter dem schweigenden, sternklaren Heben nach seinem Ewer hinaus.

Er wusste nicht, wer im Saal für ihn eingetreten war, und dass sein Heldentum unter den Junggästen zu neuen Ehren gekommen war, dass sie wieder anfingen, seinen Mut zu rühmen, das wusste er auch nicht. Er glaubte, sie lachten nun alle über ihn, und er kroch beschämt in seine Koje.

* * *

Es war noch nicht Hochwasser am andern Morgen, da standen auf Klaus Mewes' Kutter schon alle Segel, und das Geklapper der Ankerwinde schallte lustig über die Schallen und Fallen. Guste ging auf dem Deck auf und nieder und blickte nach dem Deich mit seinen Linden und Eschen, der mehr und mehr zusammenschrumpfte, wie die Elbe sich erweiterte und vergrößerte.

Wie ein Traum aber ging der gestrige Abend ihr durch den Sinn, und er verflog auch jetzt im hellen Sonnenschein noch nicht ganz. Sie war nicht recht zufrieden mit sich selbst.

Der Wind war so südlich, dass sie schier dalsegeln konnten, und so schlank, dass der prächtige Kutter mit guter Schnelligkeit elbabwärts segelte. Neben ihm flimsten Jan und Jakob mit ihren Fahrzeugen. Guste hatte erst ein wenig die Unterlippe hängen lassen, als sei es ihr nicht recht, dass ihr Geheimnis verraten war, aber dann erwiderte sie doch den lauten »Guten Morgen« der beiden Junggäste und freute sich, dass sie nun auch auf See Nachbarskinder um sich haben sollte.

In ihren weißbunten Buscherumpen standen die beiden da und hielten sich viel aufrechter als sonst, sie befahlen und riefen ihren Leuten auch viel mehr und viel lauter als zu anderer Zeit, so dass die kluge Guste mitunter laut auflachen musste.

Hinten vorm Fleet und vor dem Nienstedter Fall erschienen Segel über Segel, und eine Menge von Ewern und Kuttern folgte den dreien. Aber deren Vorsprung war zu erheblich, und es waren zu gute Segler, als dass sie hatten eingeholt werden können. Auch die aus dem Schatten des Süllbergs hervorgleitenden Blankeneser Ewer blieben zurück.

Es war ein schöner und zugleich machtvoller Anblick, die vielen braunen Segel und bunten Steven auf dem Wasser stehen zu sehen, und Ornd konnte es nicht lassen, Guste darauf aufmerksam zu machen.

»Dat hett doch wat up sik mit Finkwarder,« sagte er schmunzelnd, und Guste nickte ernsthaft.

Der Wind frischte auf. Als sie bei Schulau um die Huk bogen und die Schoten weiter wegfieren konnten, kamen die ganzen Lappen aus Sicht.

Sie blieben aber nicht lange allein, denn bald nachher puddelte sich ein kleiner schwarzer Ewer um die Ecke und schob sich langsam aber ständig näher. Alle Segel standen – vom Klüver bis zum Nackenhut. Aber was für Segel waren das? Grau und braun und weiß und gries, über und über mit großen Flicken bedeckt und doch zerrissen. Und das Fahrzeug erst: wie sah es aus! Der Bug mochte zu Störtebekers Zeit einmal weiß gewesen sein, nun aber hatte er sicher schon jahrelang keinen Teer und keine Farbe mehr gesehen und erinnerte, ebenso wie der ganze Rumpf, an altes Bollwerk.

Klaus Mewes lachte, dass eine Schar von Möwen aufflog, die auf dem Wasser geschlafen hatte:

»Dat is Hans Hinnik mit sien Admirolschipp.«

Jan fand es auch sehr spaßig. »Hans Hinnik mit sien Amerika,« gröhlte er herüber.

Auch Jakob mochte sein Vergnügen daran haben. »S. M. S. Hans Hinnik,« rief er laut.

Der alte Ornd aber lachte nicht mit.

»Dat is Hans Hinnik,« sagte er ernst und bedeutsam.

»Hans Hinnik?« fragte Guste und auch sie konnte nicht lachen. Wohl sah der Ewer ärmlich und erbärmlich aus, aber zum Lachen war das nicht.

»Jo,« sagte Ornd, »den Eber hett he sik ihr güstern von Blanknees köft.«

Da erschrak Guste heftig, denn nun wusste sie mit einem Male, warum Hans Hinnik sie gestern abend zum Tanz aufgefordert hatte. Vorher hatte sie gemeint, der Grog sei ihm zu Kopf gestiegen gewesen.

»So'n lütten, scheeben Putt to fief Groschen«, spottete Klaus, da kam er aber bei seinem Knecht schlecht an: »Beeter 'n lütt Schipp as gorkeen«, sagte er laut, »beter 'n Groschen bor betoln as 'n Doler schüllig blieben!«

»Mit de Dodenkist güng ik nich no See«, ließ sich der Junge vernehmen, der zeigen wollte, dass er auch schon ein fahrensmännisch

Gespräch führen könne, »de leckt as 'n Sift un is mörr un verrott, un de Seils könnt jeden Ogenblick dol dönnern.«

»Hans Hinnik is nich so'n Bangbüx as du un dien Sippschupp«, wies aber Ornd ihn zurecht. Er hielt sonst nicht viel von Hans Hinnik, weil der vom andern Ende des Deiches stammte, was ihm gleichbedeutend mit Butenlanner war, aber dass der Junggast mit seinen paar Schillingen den alten, morschen Seelenverkäufer angegriffen hatte, den kein Mensch hatte haben wollen und der kaum noch Feuerholz abgab,– das galt bei Ornd, der schon dreißig Jahre auf ein eigenes Fahrzeug hinsteuerte und es nicht hatte und nicht kriegte.

Die geflickten Segel näherten sich immer mehr. Der alte Putt von Ewer erwies sich als ein ganz ausgezeichneter Segler. In einem Abstand von 20 Faden überholte er langsam den Meweskutter, und die helle Sonne beschien erbarmungslos all seine Risse und Schrammen.

Guste wollte wegblicken, aber sie vermochte es nicht. Mit Gewalt zog es ihre Augen nach dem alten Schiff hinüber, und sie konnte nicht anders, sie musste Hans Hinnik ansehen.

Er stand an Steuerbord auf den Luken und war mit Knütten von Kurren beschäftigt. Mit Eifer war er dabei. Nadel und Scheeger flogen herüber und hinüber, und Masche reihte sich an Masche. Daneben aber überflog er das Fahrwasser und die Segel und gab dem Rudersmann an, wie er zu steuern hätte.

Da musste auch Guste sich wundern, denn dass ein Schiffer auf der belebten Elbe, unter Segel, mit den Augen steuerte und mit den Händen knüttete, das hatte sie noch niemals gehört und gesehen.

Und hätte nicht der Ärger über den unheimlichen Segler die Oberhand bei ihrem Vater gehabt, so hätte der wohl laute Bemerkungen darüber gemacht. So aber schwieg er.

Gerade als Mast auf Mast stand, blickte Hans Hinnik nach dem Kutter hinüber und sah Guste an. Groß und fragend, als sähe er sie zum erstenmal, und als wunderte er sich über sie. Und sie blickte nicht zur Seite: ruhig und groß erwiderte sie seinen Blick. Das war ein Augenblick der Herzen. Gustes Augen baten: vergib! Er verstand es, und seine Augen leuchteten auf. Da lächelte sie ganz geheim.

Den nächsten Augenblick aber war das alles vorüber. Die Gaffeln knarrten, das Wasser schäumte, und Hans Hinnik wandte sich wieder seiner Kurre zu. Der kranke Ewer riß die Führung an sich. Da wurde es doch stiller auf den Kuttern. Dass sie sich von dem Jammerkasten schlagen lassen mussten, war um so ärgerlicher für Jan und Jakob, als es vor Gustes Augen geschehen war.

Guste aber überkam eine kindliche Fröhlichkeit, über die sie sich selbst nicht klar werden konnte und die ihrem verdrießlichen Vater ein vollständiges Rätsel war.

* * *

Dwars von Wangeroog fischten sie nun schon drei Tage nach Schollen inmitten von vielen andern Finkenwärder, Blankeneser und Kranzer Fischerfahrzeugen. Der Fang war nicht schlecht, er brachte zehn Stiege im Streek, aber gut konnte man ihn auch nicht nennen, zumal die Schollen auch nur klein und mager waren. Guste hatte in diesen Tagen oft den Kieker vor den Augen gehabt und die weite See abgesucht, hatte auch manches bekannte Fahrzeug entdeckt, aber von dem kleinen, schwarzen Ewer hatte sie nichts erblicken können.

Gegen Abend wurde es schwül und so totstill, dass das Kurren aufgegeben werden musste. Im Westen stiegen blaue Wolkenmassen aus der See, in denen es mitunter schon schwach aufleuchtete.

Auf der langsam und schwer atmenden See schwammen die schwarzen Tümmler, und ab und zu tauchte der Kopf eines spähenden oder luftholenden Seehundes auf. Die Möven flogen nach Süden, und auch die Ewer zerstreuten sich nach und nach: so dass nur die drei Kutter noch beisammen waren, als es anfing, zu dämmern.

Alle Segel hatten die Fischer einstweilen noch stehen lassen. So dümpelten und kreisten die Fahrzeuge umher, völlig willen- und wehrlos in der Gewalt der Meeresströmung.

Bei Klaus Mewes saßen sie zu viert auf den Luken und waren beim Abendbrot. In der Kajüte war es zum Ersticken heiß.

Guste aß kaum. Immer wieder spähte sie über das Wasser und suchte nach dem Ewer. Ihr graute vor der kommenden Nacht, und sie wünschte doch das Gewitter herbei, damit sie wieder frei atmen mochte. Am Deich hatte sie lächelnd vor dem Fenster gestanden und ruhig in den Blitz gesehen: aber hier, auf einem kleinen Stück Holz, kam doch eine große Furcht über sie.

Da hinten – – – im Westen, wo es weiß aufzuckte, da war wohl auch der Sturm schon unterwegs, und ein kleiner Ewer mühte sich wrack und leck mit der Dünung …

Da – ein wirbelnder Wind strich in kurzen, warmen Stößen über die See und starb wie er geboren war. Die Fischerleute hatten schon die Hände an die Taue gelegt, denn beim Gewitter werden alle Segel niedergeworfen: jetzt besannen sie sich noch eine Weile.

Die Lichter wurden angesteckt, und ihr müder Schein spiegelte sich auf der Dünung.

Der Windstoß aber hatte ein Fahrzeug mitgebracht, das nun aus der Schummerei herantrieb. Es war ein Ewer, wer es aber war, ließ die zunehmende Dunkelheit nicht erkennen.

Mit ihm aber krochen die Wolkenberge aus dem Wasser, stiegen höher, und dann griff es mit Riesenarmen über den ganzen Himmel. Eine neue Windflage schnob heran und harfte das Vorspiel auf den Wanten. Donnernd und schlagend flogen die Segel auf Deck und Luken nieder, und kahl ragten die Masten und Taue in die Nacht hinein.

Der fremde Ewer klüste näher, und auch auf ihm fielen die Segel.

Als Guste durch das Nachtglas guckte, erkannte sie deutlich und mit großer Freude, dass es Hans Hinnik war. Er lebte, lebte!

Hans Hinnik! Da – wenn die Blitze leuchteten und See und Schiff wie mit Geisterhänden in die Höhe hoben, dann erkannte sie ihn. Er stand unter den Giekbäumen und riß die Segel zurecht. Als er mit seinen Leuten das getan hatte, band er sich eine Laterne an die Wanten und fing wieder an, Kurren zu knütten.

Wie mochte er bei so schwerem Wetter noch arbeiten?

Rollend, in immer kürzeren Abständen, hallte der Donner über die See, und die ersten, großen Tropfen prasselten auf das Deck. Da warf Hans Hinnik seine Kurre unter das Grotseil, stülpte den Südwester auf den Kopf, zog den Ölrock an und ging auf dem Achterdeck auf und ab.

Guste sollte in die Kajüte, aber sie wollte nicht. So musste sie denn in den geölten Rock hinein und bekam einen Südwester aufgesetzt.

Der Heben tat sich auf, und der Gewittersturm brach in einer gewaltigen Flage herein. Die See erwachte aus ihrem Halbschlummer und setzte sich weiße Kronen auf, damit sie ihrem wilden Freier gefalle.

Wie Nussschalen trieben die schweren Fahrzeuge hin und her und kamen ziemlich weit auseinander. Aus allen Ecken quollen die Blitze, und die Masten klangen bei den schweren Donnerschlägen, als sei mit der Axt daran geschlagen worden.

Hans Hinnik hatte sich an den Setzbord gestellt, möglichst weit aus der gefährlichen Nähe der Masten, und sah starr nach dem Kutter hinüber, denn er hatte Klaus Mewes inzwischen gesichtet.

Nun war es völlig Nacht. Eine Wind- und Regenflage jagte die andere. Steil über ihnen stand das Gewitter und entlud sich mit gewaltiger Heftigkeit. Auch die See kam immer mehr in Wallung.

Es war eine böse Gelegenheit.

Plötzlich flammte im Süden ein roter Feuerschein auf und glomm unheimlich durch Nacht und Sturm.

»Wat is dat?« fragte Guste ängstlich.

»Up Wangeroog brinnt 'n Hus«, antwortete Ornd, aber Klaus schüttelte den Kopf: »Up Wangeroog?

Wi sünd wiet af. Dat is 'n Schipp, dat fluckert up!«

»Man god, wat wi dat nich sünd«, rief der drooke Junge.

»Is dor nich to hilpen?« fragte Guste.

Ihr Vater verneinte es.

»Nee, bi dütt Wedder nich. Wenn ik 'n groten Damper ünner de Feut harr, denn kunn't woll angohn.«

Guste sah nach dem Ewer und schrie gellend auf: »Hans Hinnik! Hans Hinnik! He will hin!«

Und wirklich: drüben auf dem Ewer war es lebendig geworden. Die Fischer liefen hastig hin und her. Schon stieg die Fock wild klappernd am Stag auf. Dann schlug das Grotseil wie ein tolles Ross um sich, und dann kam die Besan in Wind und Wut. Alles ging in größter Eile vor sich. Schon drehte sich der Ewer, schon reckte er seine Segel, über die die andern so gelacht hatten. Hans Hinnik flog nach dem Ruder und band es fest. Die Segel fielen voll und die Sturmflage warf sich mit solchem Ungestüm darauf, dass das Fahrzeug fast platt aufs Wasser gedrückt wurde. Dann aber luvte es etwas auf und schäumte durch die Seen. Hart an dem Steven des Kutters brauste es vorbei wie der fliegende Holländer.

Guste klomm vornschiffs.

»Hans Hinnik! Hans Hinnik! Bliew hier! Bliew hier!« rief sie angstvoll.

Er hörte es aber nur halb und nahm es für einen Gruß.

»Guste, Guste!« rief er laut und gellend zurück, und es klang beinahe freudig.

»Wat wullt du?« gröhlte Klaus Mewes.

»He schall nich los. He kummt nich wedder!

»Kann ik em holn, Diern?«

Der Ewer ging in der Nacht aus den Augen, und der rote Feuerschein schien allmählich zu verlöschen.

* * *

Es soll eine ostfriesische Tjalk gewesen sein, die »Jantjedina« von Westerhauderfehn, mit Getreide von Brake nach Lübeck bestimmt, die in jener Nacht auf hoher See verbrannt ist.

Der schwarze Ewer, der ihr zu Hilfe geeilt war, wie die drei Kutterschiffer bekundet haben, ist längst vom Hamburger Seeamt für verschollen erklärt worden.

Hans Hinnik hat sich aus jener Gewitternacht nicht wieder an den sonnigen Tag begeben. Seine Segel waren zu mürbe gewesen, und seine Planken hatten den anprallenden Seen nicht standhalten können: so konnte er es mit dem schweren Sturm wohl aufnehmen, aber er musste ihm unterliegen.

* * *

Und auf seiner letzten Fahrt war ihm eine Rose erblüht.

Er aber wusste nichts von ihrem Duft … der wunderliche Mensch, der alles wagte und nichts gewann.

Nach dem Sturm

*»Christ Kyrie,
komm zu uns auf die See!«*

Das war kein Gesang mehr: wie wehes Rufen, wie ein einziger banger Schrei drang das Gemeindelied bei diesen alten Worten durch die Kirche und schlug wie Meereswogen um die kalten, weißroten Pfeiler. Als wenn alle Sturmnächte und Sturmtage wieder aufstünden und noch einmal die Herzen aufwühlten und zerrissen, als wenn die gebliebenen Seeleute ihre Geisterstimmen klagend in den Gesang mischten, so hörte es sich an. Der so furchtbar auf die Orgeltasten drückte, war der weißbärtige Küster, der an seinen untergegangenen Sohn dachte und an die schwarzen Kleider, die den untern Kirchenraum ausfüllten. Und die so gewaltig sangen, das waren Fahrensleute, die mehr als zehnmal mit dem Sturm gerungen hatten, das waren Fischer, die dem Tod und der See entronnen waren, das waren Frauen, die ihre Männer oder Söhne bei erstem, gutem Wind wieder elbabwärts segeln sehen sollten, das waren Konfirmanden, die nach Ostern samt und sonders Fischerjungen werden wollten! Und sie alle wussten, was sie sangen!

Nur einer wusste es nicht, der junge Seefischer mit dem indianisch roten Gesicht, der auf dem Chor saß. Zwar hatte er sein Gesangbuch weder zugeklappt, noch verkehrt aufgeschlagen, und er sang auch halblaut mit, aber er wusste nicht, was er sang. Seine Gedanken waren bei andern Dingen, und wie er vor zehn Tagen äußerlich ruhig, innerlich aufs höchste erregt auf der Doggerbank gegen Wind und Wasser gekämpft hatte, so ging er jetzt mit heftigem Ungestüm gegen Gedanken an, die ihn erdrücken und ersticken wollten, so duckte er sich jetzt vor seelischen Gewalten! Und die Augen blickten starr gegen das Mauerwerk, aber sie konnten sich dort nicht lange halten, immer wieder sanken sie ohnmächtig nieder und fielen schwer auf die zweite Konfirmandenbank, die sich unter die Predigtkanzel schmiegte. Er konnte es nicht wegwischen, das fahle Bild: immer wieder sah er Simon und sich dort sitzen. Die beiden Konfirmanden saßen beieinander und guckten aus einem Gesangbuch. Der junge Seefischer wischte mit der Hand über die Stirn, aber die beiden Konfirmanden konnte er damit nicht verscheuchen: sie blieben sitzen, und es war sogar, als sähen sie zu ihm hinauf! Nein! Nein! Er wollte sich nicht unterkriegen lassen, wollte nicht weinen! In seiner Not fasste er die beiden Jungen scharf ins Auge und griff mit schnellen, hastigen Händen nach allen lustigen Dingen der gemeinsamen Konfirmandenzeit, des Kirchenjahres, und fand doch an einem so wenig Gefallen und Frieden wie an dem andern ... Simon und er pflegten so laut und durchdringend zu singen, dass Frau Pastor sie mitunter strafend angesehen hatte, ... dann hatten sie sich bannig gefreut. Und wenn der Klingelbeutel herumging, gab es manchen Spaß für sie, wenn jemand seinen Pfennig vorbeisteckte, oder wenn einer vor dem dicken Überzieher nicht in die Büxentasche kommen konnte und zuletzt wohl gar aufstehen musste. Und während der Predigt, von der sie wenig verstanden, schulten sie um die Kanzelecke nach den Konfirmandinnen hinüber, unter denen jeder seine Braut hatte, wie es sich gehörte, aber – wie schnell verging das alles vor dem grauen Ernst dieser Stunde. Der Seefischer musste den Blick wenden, bis er Meta Mewes traf. Das war seine Braut gewesen, ... da saß sie, schwarz und verschleiert, mit schmalem, blassem Gesicht und großen, dunkeln Augen. Sie hatte einen andern genommen und war schon seit zwei Jahren verwitwet; ein kleiner Zeugladen musste ihre beiden kleinen Mädchen und sie ernähren. – Des Seefischers Augen mussten weiter wandern: da saß Simons Braut, zwar noch halbhell gekleidet, aber den blonden Kopf schon tief gebeugt und die Augen voll Trostlosigkeit, weil sie an Simons Rückkehr nicht mehr glauben konnte. Vier Bänke weiter nach hinten aber saß eine alte Frau in tiefer Trauerkleidung, ganz gebückt, wie ein morgenländisches Klageweib anzusehen. Das war Simons Mutter. Sie hatte ein schwarzes Wolltuch um den Kopf geknüpft. Mit zitternden Händen hielt sie ihr Psalmenbuch auf den Knien fest und bewegte die Lippen, als wenn sie mitsänge: es waren aber immer nur einige gebrochene Worte des Vaterunsers, die sie herausbrachte.

Und viele Blicke ruhten auf ihr und auf dem blonden Mädchen.

Gewaltsam drehte der junge Seefischer sich um. Da lag das herbstliche Land in der Sonne, zwar mit kahlen Bäumen, aber doch noch mit grünen Wischen. Dahinter ging der Deich auf, der die bunten Häuser trug, deren rote Dächer im Sonnenschein blinkten. Über den Ziegeln aber schwebten Rauchwolken, die den Schornsteinen der unsichtbaren Dampfer entquollen waren. Viele Masten guckten über Deich und Haus: die Masten der auf den Schallen liegenden Fischerewer. Des Seefischers breite Brust hob sich, als er seine beiden Masten herausgefunden hatte, den Grotmast mit dem weißrotgoldnen Flögel und den Besanmast mit dem dunkeln Tümmlerschwanz. Da lag sein großer, schöner Kutter, seine »Seemöwe«. Er war schon geschwoit: es war Flut geworden und der hohe, grüne Bug spiegelte sich schon auf dem blanken Wasser.

Mit bärenhafter Kraft klammerte der Mann in der Kirche sich an sein Schiff, das er eben durch das Fenster sehen konnte, er wollte sich herzhaft darüber freuen, aber er vermochte es nicht. Es kam ihm vor, als würde er von allen Seiten böse angeguckt. Da setzte er sich wieder gerade hin und bemühte sich mit fest zusammengekniffenen Augen, der Predigt zu folgen und bei ihr zu vergessen, aber auch das brachte er nicht fertig; wie die eisernen Sturzseen auf das Deck gedonnert waren, so hämmerten die Worte in sein Ohr und lösten sich dort in ein dumpfes, starkes Brausen auf, das er nicht wieder loswerden konnte. Er versuchte, in seinem Gesangbuch zu lesen, aber die Reihen liefen durcheinander, wie die Wogen auf der Doggerbank. Immer größer wurde seine innere und äußere Unruhe. Zuletzt klappte er das Buch zu und faltete seine Hände unter der Bank und beugte sich so tief, dass er von der hohen Chorbrüstung nichts mehr sehen konnte. Er starrte zu Boden …

Ik hebb dat god meent! Ob er das dachte oder flüsterte, wusste er wohl selbst nicht, aber so oft er es wagte, schlug ihm eine unsichtbare Hand die Worte aus den Händen und eine harte Stimme sagte schneidenden Tones: Du hast gelogen, Harm! Du hast gelogen, Junge! Gelogen hast du vorgestern, als du von der See kamst und auf der Elbe, zwischen dem Ostefeuerschiff und Brunsbüttel, die zerrissene Fock in die Pflicht verstecktest und die neue anschlugst, damit es aussehen sollte, als hättest du draußen nichts zu krabbeln gehabt! Gelogen hast du, als du sagtest, es sei auf der Doggerbank während der beiden Sturmnächte gar nicht stur gewesen, und du hättest mit einem Reff im Segel noch fischen können! Denn du weißt, dass du ein so schweres Wetter auf See noch nicht erlebt hast, und dass die beiden Nächte, in denen die Eiderdeiche brachen, in denen die beiden großen Dampfer auf Scharhörn spurlos verschwanden, in denen die Nordsee voller Seemannsleichen trieb, die schwersten deines Lebens gewesen sind, dass du vor Sturmsegel und Sturmanker in höchster Not klüstest und jeden Augenblick dachtest, die Masten müssten über Bord gehen, oder der Kutter müsste kopfheister schießen. Gelogen hast du, als sie nach Simon fragten, nach deinem Kameraden, deinem Makler, mit dem du stets in Kumpnei gefischt hattest! Ganz heiter hast du geantwortet, obgleich dir das Herz in der Brust brannte, und du am liebsten geheult hättest wie ein Tier. Ernst hat dein Vater gefragt, der alte, graue Seemann, jammernd hat deine Mutter gefragt, bebend hat Simons Braut gefragt, weinend ist die alte Frau geschlichen gekommen. Hast du dich stumm abgewendet? Nein, du hast gelächelt und getröstet: De kummt wedder! Hast du gesagt, du hättest ihn nicht gesehen draußen? Nein, du hast ermuntert und ermutigt: Wi sünd jümmer tohoop wesen! Noch nach dem Sturm hättest du mit ihm gesprochen: erst dann sei er östlicher gekreuzt, um noch zu fischen, und erst dann sei er dir aus Sicht gekommen. Das war gelogen, Harm: du hast es mit deinen eigenen Augen gesehen, wie die große See Simons Kutter rundum geworfen hat und wie Mast und Segel zu Grund gegangen sind. Riemen und Rettungsgürtel hast du noch treiben sehen, als du die Stelle erreichtest, das ist aber auch alles gewesen …

Nein, nein! du willst es nicht sagen, Harm? Du meinst, sie erführen es in acht Tagen ja doch, dass er nicht wiederkäme? Du *könntest* es nicht sagen? Harm, das große Kirchengebet wandert durch die Kirche! Bete mit, wie alle es mitbeten! Hör! … krall dich nicht immer fester in die Ecke! … Hör! … »Wir bitten dich auch insonderheit für die, die auf dem Wasser ihre Nahrung suchen: segne die Fischerei auf der See und im Fluss … « Du ständest lieber noch einmal inmitten des furchtbaren Sturmes, als dass du nun standhieltest, und drückst die harten Hände gegen die Brüstung, als wäre es dein Ruder! Schreit es wieder so grässlich, so überlaut und grell, wie du geschrien hast, als du die große See ins Segel schlagen sahst? ...

Da wurde es mit einem Male totenstill um den Seefischer: eine tiefe Stille umgab ihn, wie an stillen Tagen auf See, wenn er allein am Ruder gestanden hatte. Aber diese Stille hielt nicht an: Worte drängten sich darein, starre, tonlose Worte, die sich wie sickerndes Wasser anhörten: »Es ist auch Fürbitte zu tun für drei Mitglieder unserer christlichen Gemeinde, die seit dem Sturmestage mit ihrem Schiff noch nicht wieder in den Hafen gekommen sind! Herr Gott, der du das Meer gemacht hast ...« Da steigert die Seelenqual des Fischers sich aufs höchste: ihm ist, als guckten ihn alle an, als riefen sie ihm zu, unwillig und zornig: Was lässt du uns noch beten, Harm, du weißt doch, dass Simon geblieben ist? Ein wehes Schluchzen ist zu hören: viele Frauen haben die Taschentücher vor dem Gesicht, und die alte Frau hat den Kopf auf die harte Lehne gelegt, – die Männer aber husten vor Bewegung, und die Stimme des Pastors zittert.

Harm sieht und hört alles wie im Traum und atmet schwer. Wenn er nun morgen wieder seewärts segelt, ringt die alte Frau noch lange Tage mit ihrem Gott um ihren Jungen, und andern Sonntag beten sie nochmal für seine Heimkehr ... Er muss dieser Qual eine Ende machen, er fühlt, dass sein Gewissen es verlangt!

Jäh fährt er zusammen, als eine Hand seine Schulter berührt! In tiefster Herzensnot wendet er sich um: wollen sie ihn nochmal fragen?

Da steht aber nur der alte Hein Benitt hinter ihm, der mit der Hand nach der schwarzen Tafel weist, auf der die Gesangverse stehen und ihm zuflüstert: »Wat steiht dor förn Salm an, Harm? Ik hebb mien Klüber vergeten, un mien Ogen sünd all'n beten dunkel!«

Der Seefischer atmet tief auf. »Tweeunnegentig, Hein: Ein feste Burg ist unser Gott«, antwortete er.

* * *

Eine Weile, nachdem die Glocken verklungen sind, tritt er in sein Elternhaus am Elbdeich, legt sein Gesangbuch auf den Tisch und sagt ernst:

»Vadder un Mudder: ik willt seggen: *Simon is bleeben!* Ik hebb em wegsacken sehn.«

Dann geht er ans Fenster und blickt nach Blankenese hinüber.

Der alte Fischer aber sagt: »Dat hebb ik dacht, Junge, dat hebb ik dacht«, und er zieht sich an, um zu der alten Frau zu gehen und ihr die Kunde zu bringen.

Das weiße Kleid

Die kleine Cili Cohrs stand in der Tür und tat, als wenn sie nach dem Wasser guckte, in Wirklichkeit beobachtete sie aber ihre Mutter, die auf der Diele vor dem doppeltürigen Eichenschrank stand und dabei war, die Kleider umzuhängen, wobei sie sie Stück für Stück ans Tageslicht brachte und scharfen Auges überholte. Sie hatte es auf das weiße Kleid abgesehen, die Deern. Darauf wartete sie: sobald es zum Vorschein gekommen war, wollte sie ihr Glück wieder versuchen.

Es war doch ein Jammer, dass das schöne, weiße Kleid im dunkeln Schrank vergrimmelte und verspakte, weil ihre Mutter es wollte! Warum sie sich davon wohl nicht trennen konnte, wenn sie es doch nicht mehr sehen mochte, wie sie sagte? Cili hatte es im vorigen Jahre auf einmal entdeckt, als sie den Schrank reinigte. Da hatte sie es gleich anziehen wollen, aber die Mutter war dazwischen getreten und hatte es ihr weggenommen. Sie solle es nicht anfassen, und tragen solle sie es auch nicht. Das alte Kleid sei auch gänzlich aus der Mode gekommen, und es sei ihr auch noch viel zu groß, hatte sie gesagt und es in die hinterste Ecke gehängt, hatte den Schlüssel in die Tasche gesteckt und zu Cili gesagt: sie solle sich nicht unterstehen und das Kleid herausnehmen. Damit hatte sie aber nur erreicht, dass das weiße Kleid eine geheimnisvolle Macht über das Mädchen zu gewinnen begann und ihre Gedanken das ganze Jahr beschäftigte. Das Kleid ließ Cili keine Ruhe, und als ihre Mutter vor einigen Wochen, als ihr Vater von Bremerhaven gedrahtet hatte, nach der Weser gereist war, da hatte sie der Versuchung nicht widerstehen können: sie hatte das Kleid bei verschlossenen Türen angezogen. Ganz seltsam war es gewesen, wie wunderbar es ge passt hatte, als wenn es für sie gemacht worden wäre! Nirgends hatte es gedrückt und nirgends Falten geworfen: leicht saß es über den Brüsten und fest um die Hüften, und prächtig fiel der Rock. Cili stand sinnend vor dem Spiegel und betrachtete das Kleid, und mit einem Male erwachte sie aus einem Traum zum Bewusstsein und sah ihre eigene Schönheit. Was ihr aber gar nicht in den Kopf wollte, war: dass ihre Mutter einmal ein so kleines, schlankes Mädchen gewesen war, der dies weiße Kleid wie ihr ge passt hatte. Ihre große, behäbige Mutter, hinter der sie sich jetzt verstecken konnte! Cili Cohrs lachte in sich hinein: ob ihre Mutter damals wohl schon einen Bräutigam für Musik und Nachhauseweg gehabt hatte? Gewiss wohl, denn wofür hatte sie sich sonst das schöne Kleid machen lassen? Ob ihr Vater es gewesen war? Sicherlich, denn einen andern Bräutigam konnte sie für ihre Mutter gar nicht ausfindig machen, wie sie auch nachdachte.

Das schöne Kleid machte die kleine Deern keck und ließ ihr Herz schneller schlagen. Unbefangen dehnte sie ihre jungen Glieder. Sie war nicht die leiseste am Deich und die Leute kannten sie im Dunkeln eher an ihrem Lachen als an ihrer Gestalt: jetzt aber kam ein Übermut in ihren Kopf, dass sie am liebsten auf den Deich gelaufen wäre und ihren weißen Staat vor groß und klein gezeigt hatte. Immer wieder drehte sie sich vor dem Spiegel hin und her und lachte mit den Augen. Sie sang und tanzte in der Stube, bis die hungrigen Enten im Graben überlaut quarkten und die Schweine im Koben nach ihrem Futter schrien, dass sie es hören musste. Da atmete sie tief auf, streifte das weiße Kleid ab und hängte es seufzend in den Schrank zurück …

Das schöne, weiße Kleid – da – die Mutter hatte es in den Händen!

Wie zufällig drehte das Mädchen sich um: »Mudder, schullt mi nu woll passen?«

Aber Cili Cohrsens Mutter wollte noch nicht verstehen. »Wat schull di passen?« fragte sie mit einem langen Blick nach der Elbe.

»Dat witte Kleed«, sagte Cili, griff zu und hatte es der Mutter aus der Hand genommen, ehe diese es sich versah. Sie hielt es in die Höhe. »Fleten Johr säst du, ik wür noch to minn«, fuhr sie fort und fügte nach einer kleinen Pause lächelnd hinzu: »Ober ik bünn düt Johr doch grötter und dicker worden, dat weet ik doch bi mien Tuch.«

»Do mi irst mol dat Kleed wedder her«, erwiderte die Mutter ernst und bestimmt, aber Cili tat es nicht.

»Dat passt di doch noch nich!«

»Doch, ik bün en barg wussen!« »Nee, dat passt di noch ne!« beharrte die Mutter und wollte es ihr entreißen, aber Cili war auf der

Hut und hielt es fest. Bekam sie es jetzt nicht, so bekam sie es niemals. Und nächstes Jahr konnte es ihr auch schon nichts mehr nützen, denn dann passte es ihr sicher nicht mehr, weil sie noch im Wachsen war. Das wusste sie nur zu gut.

»Passt, Mudder, dat weet ik«, versicherte sie eifrig.

»Diern, Diern!« rief die Mutter und sah sie forschend an, »hest du dat Kleed all anhatt?«

Vor ihrer Mutter konnte Cilli Cohrs nicht lügen. Sie gestand es ein.

»Diern! Diern!«

»Schill dor doch ne um, Mudder! Ik hebbt jo bloß inne Dönß anhatt, hett jo keeneen sehn! Wat passt mi dat fein, Mudder! Ik will di't mol wiesen, ne?«

Sie wusste selbst nicht, woher ihr dieser Mut kam, so zu trotzen. Sie lief mit dem Kleid nach der Schlafkammer und zog sich in fliegender Eile um, ohne auf die Rufe zu hören. Sie hatte auch einen Kopf, die kleine Deern, und wusste ihn zu zeigen, wenn es drauf ankam.

Weiß vom Hals bis zu den Enkeln, rot im Gesicht, das blonde Haar etwas zerzaust, leuchtender Augen und lachenden Mundes, glücklich darüber, dass das weiße Gewand wieder wie angegossen saß, stand sie im Rahmen der Dönssentür, drehte und wiegte sich vor ihrer Mutter und fragte siegesgewiss: »Non, Mudder, wat seggst nu? passt oder passt ne?«

Die Mutter hätte kein Weib sein müssen, wenn sie nicht zuerst danach geguckt hätte, ob das Kleid auch wirklich gut saß. Wortlos strich sie hier und da herum, zupfte sie noch aller Ecken, bis sie es zu Schick hatte. Dann aber besann sie sich und machte die Haustür zu, denn was sollten die Leute denken, wenn sie solchen Himphamp am Alltag sahen! »Mol inne Dönß rin«, sagte sie dann und ging ihrer Tochter voran, setzte sich auf einen der mit bunten Kissen belegten, gedrechselten Stühle und sah ihr schönes, strahlendes Kind schweigend an.

Die Erinnerung umfing sie und versetzte sie in ihre Jungdeernstage zurück, als ihr ein neues Kleid und ein Tanz über alles gingen, als es sie freute, wenn die Junggäste sich um sie prügelten, denn das hatten sie wirklich getan, bis Willem Cohrs, der stewige, sich zum Baas aufgeworfen und die andern verjagt hatte, Willem Cohrs, der nun schon an die zwanzig Jahre für sie die See pflügte.

Cili bettelte mit den Augen, aber sie bekam ein Kopfschütteln. »Dat Kleed schall hangen blieben, Cili! Is ok all to dull ut de Mod kommen.«

»Dat is ne wohr, Mudder. De Mod is nu meist wedder so as to! Wenn de Arms betjen afsneen un hier en betjen prunt ward, geiht dat all so veel! Man to, Mudder, segg doch jo!«

Aber wieder schüttelte die Mutter den Kopf. »Ik will dit seggen, Cili: in dat Kleed sitt keen Segen! As ik so jung un welig wür as du, wull ik giern en witt Kleed hebben! Wat hebb ik bitt un beet, wat hebb ik schropt un sport, dat ikt kreeg. Aber Moder wür dor stüttig gegen: se güng jümmer swatt un harr mit Witt nix innen Sinn. Dat wür keen Farf för den Diek, sä se. Ik geef aber ne no, ik treun ebensoveel as du nu, – un toletzt harr ik Moder sowiet, dat se 'mienhalben' sa. Wat wür ik ok doch glücklich, Diern, wat hebb ik jucht un sprungen! 'Du stillst di an, as en Kalw up de Weid', schull Moder, ober ik hür dor ne no hin, ik leep jeden Dag no de Neiersch un pass an. Dat Kleed schull sitten! Un as trecht wür, to seet dat ok. Dat pass mi so scheun, as di dat nu passen deit! Wat hebb ik to up den Sünndag lurt! Ik kunn toletzt kum noch nachts slopen.«

»Jä – un to, Mudder?« fragte Cili zuletzt unsicher, als die Mutter gar nicht fortfahren wollte, sondern versunken nach der Elbe guckte. Langsam und schwer antwortete die Mutter: »Densülbigen Sünndag, as ik dat Kleed an harr, weih dat een Störm. Ik schull innen Hus blieben, ober ik güng doch no Musik. Densülbigen Sünndag is Vadder up See bleben. Ik kreeg swarte Kleeder an. Düt schull ok swart mokt warrn, ober dat geef ik ne to: ik müsst mitünner doch noch mol ankieken können. Drogen hebb ikt ober keeneenmol wedder, dat Unglückskleed. Wullt dut nu noch hebben, Cili Cohrs?«

Cili erwiderte nichts, sie sah sich noch einmal verloren im Spiegel an und zog das weiße Kleid dann langsam aus.

* * *

Aber das weiße Kleid ließ Cili Cohrs keine Ruhe. Schon nach einigen Tagen bat sie wieder darum, denn sie hatte zu schön darin ausgesehen und musste und musste es haben. Ganz krank wurde sie danach. Was Unglückskleid! Es war ein schönes weißes Kleid, und alles andre war

Aberglauben. Der Sturm, nicht das Kleid hatte ihres Großvaters Ewer umgeworfen.

Ihr Vater kam auf. Der Westwind wölbte die braunen Segel des Kutters und trug ihn schnell heran. Die Schollen klapperten auf den Steinen, Scharben bekränzten den Deich, und das Haus von Willem Cohrs war voll von Freude und voll von Lachen. Cilis jüngere Brüder wriggten mit dem Boot auf der Elbe, sie selbst aber stand hinter der Waschbalje und rubbelte die Buscherumpen und Ünnerbüxen, dass der Schaum über den Deich spritzte, denn sie stand vor der Haustür und hatte es hild. Hinrich, ihr ältester Bruder, der bei ihrem Vater fuhr, bekümmerte sich sonst wenig um die »olen Deerns«: als er seine Schwester aber im kurzen Rock und mit bloßen Armen waschen sah, da konnte er sich doch nicht enthalten, sie ein bisschen zu kneifen und zu ärgern. Er hätte es lieber lassen sollen, denn mit einem Male rief Cili übermütig: »Kummt en See ober, Schipper!« und warf ihm eine Göpps voll Seifenschaum ins Gesicht, dass es zischte. »So, nu lot di rasirn«, lachte sie hinter ihm her.

»Diern, wenn du so keen Brögam kriegen deist, dann weet ikt ne,« sagte die Stutenfrau. »Denn weet ikt ok ne, Trink«, rief Cili keck.

Nach dem Mittagessen (gebratene Knurrhähne gab es) fing sie von dem Kleid an, ohne sich durch den unwilligen Blick ihrer Mutter anfechten zu lassen. Ihr Vater wusste aber nicht, was sie meinte, deshalb sprang sie leichtfüßig nach der Diele und holte es her, um es zu zeigen. Da erstand ihr selbst in Hinrich ein Helfer.

»Jo, Mudder, man to, lot Fräulein man mol witt gohn von wegen de Ähnlichkeit mit Paul-Bäcker sien Gesellen!« rief er lachend.

Auch ihr Vater war dafür, dass sie das Kleid bekomme. »Wenn de Diern dat passt, Mudder, denn lot ehr dat man kriegen un updrägen. Schod um dat fein Tüch, wennt int Schapp vermust!«

»Dat Unglückskleed, Vadder?«

»Unglückskleed, Mudder? Dat is jo Heunergloben. Dat Kleed hett dor nix mit to don, dat dien gode Vadder ne wedder kommen is. Lot ehr dat nee Seil man kriegen, se mag jo doch giern glatt gohn, de ole eische Cili de, ne, Hein un Willi?«

Als die Seefischer dann mit dem Boot nach dem Fleet gesegelt waren, um Eis von Julus Wriede zu holen, und Cili ihnen nachguckte, trat die Mutter zu ihr und sagte ernst: »Du schallst dien Willen hebben, ober mi geiht dat noher denn nix mihr an, ik hebb di bitieds wohrschoot!«

Cili Cohrs aber lachte sie aus und trug das Kleid zu der Schneiderin, die es nach der Mode ändern sollte.

* * *

Seit Sonnabendmorgen wehte die deutsche Flagge bei Willi Harms und rief den aufkommenden Ewern und Kuttern, Jollen und Böten, Schleppern und Fischdampfern zu: »Musik! Musik!«

Sonntag war es nun. Und als der Pastor sein Recht bekommen hatte, da warfen die Deerns sich in Staat und die Jungens in Battist, und schon am Nachmittag tanzten sie miteinander zwischen den Pfeilern.

Cili Cohrs hatte das weiße Kleid an. Sie hatte die Schneiderin so lange gebeten, bis sie es ihr zum Sonntag fertig gemacht hatte.

Rosen vom Westerdeich im Haar, wilde, blasse Rosen, stand sie in der Reihe der Mädchen und überstrahlte alle. Ihr Kleid wurde viel angeguckt, das spürte sie, und es wurde auch darüber gesprochen, oft in spöttischem Ton, aber Cili war viel zu glücklich, als dass sie sich darüber ärgern konnte, und sie hatte auch keine Zeit dazu, denn sie war keinen Tanz frei, obgleich mehr Tänzerinnen als Tänzer im Saal waren. Die Junggäste rissen sich um die schöne Cili Cohrs, die noch keinen festen Bräutigam hatte. Sie tanzte leicht und mit Lust. Die Jungens verfolgten sie mit den Augen, wenn sie durch den Saal schwebte. Sogar Kassen Fink, der reiche Bauernjunge, der sonst mit dem Glimmstengel im Munde vor der Schenke stand und die Hände nicht aus den Taschen kriegen konnte, tanzte mit ihr. »Cili, nu warst noch Burfroo!« rief Metta Külper. »Jo, un du warst mien Köksch denn«, lachte Cili und wirbelte schon mit Hein-Snieder über den Saal.

Ihr war sehr warm, als sie zum Abendessen nach Hause ging, und es war ihr deshalb recht, dass der Wind frischer geworden war, denn so kam sie doch endlich einmal aus dem Schwitzen heraus. Sie wunderte sich, als die Mutter sagte, es wehe ein Sturm, und sie solle zu Hause bleiben. Das bisschen Kühlung! Sie zog das Kleid nicht aus, wie sie sollte, sie schlug nur ein wollenes Tuch um die Schultern, nahm einen Schirm und ging wieder zu Tanz.

»Wennt regen ward?« »Denn mok ik den Rock hoch«, lachte Cili unbekümmert, »krumme Been hebb ik jo ne« – und hinaus war sie, die windgewohnte Seefischerdeern.

Es war den Abend voller als nach Mittag und wurde immer noch voller, so dass Willi auch den zweiten Saal öffnen musste. Bei dem Gelärm und Gelach hörte Cili wenig davon, dass der Wind sich von Stunde zu Stunde verstärkte und zum Sturm anwuchs, sie wurde es auch nicht gewahr, dass ungeheure Regenwolken aus der See stiegen und heranflogen. Sie tanzte fast jeden Tanz, und in den Pausen hatte sie genug zu tun, die andrängenden Junggäste abzuwehren, die sie durchaus mit in die Schenke haben wollten. Sie wollte noch keinen Bräutigam haben, die junge Cili Cohrs.

Mitternacht war es. Die Reihen hatten sich erst wenig gelichtet, denn das schlechte Wetter hielt sie zusammen, und der Lärm war noch stärker geworden. Die Luft war so dick, dass man sie fast auf Brot hätte legen können. Cili Cohrs wanderte immer noch von einem Arm zum andern, ihre Rosen waren entblättert, und sie war müde, aber an Gehen dachte sie noch nicht, dazu war es zu schön an diesem Abend. Sie hatte wohl gehört: »Wat weiht dat! wat regent dat!« aber sie hatte sich nichts dabei gedacht. Es wehte ja oft am Deich.

Schließlich musste sie einen Augenblick ausruhen, denn der lange Rolf hatte zu ungestüm mit ihr getanzt. Sie entwand sich den Reihen, ging die Treppe hinauf, glitschte die Diele entlang, stieß die Haustür auf und trat in die Nacht hinaus.

* * *

Da stand sie und hörte, fühlte und sah den gewaltigen Sturm, sie sah die hochgehende, weißmützige Elbe, die fliegenden Wolken, die springenden Lichter von Blankenese, sie sah die Fahrzeuge auf dem Wasser dümpeln, sie hörte die Rufe der Fischerleute, die vertriebene oder vollgeschlagene Boote bargen, alles noch wie im Traum.

Cili Cohrs! Sie erwachte jäh und erschrak in tiefster Seele: das war ein Sturm, und ihr Vater war auf See, und sie hatte das weiße Kleid an, das Unglückskleid. Sie hörte ihre Mutter rufen: Cili, Cili, zieh das Kleid aus, sonst bleibt dein Vater, zieh das Kleid aus! Da schrie sie auf, grell und angstvoll, und lief in wahnsinniger Hast den Deich entlang, wie sie ging und stand, ohne an ihren Schirm und an ihr Tuch zu denken. Eine gewaltige Regenflage warf sich ihr entgegen, der Wind wehte sie einmal vom Deich, sie stolperte und stürzte hin, ihr Haar löste sich und das Kleid klebte an ihrem Leibe, aber sie hielt nicht inne: immer schneller lief sie und sprang sie! »Vadder schall ne blieben, Vadder schall ne blieben!« jammerte sie, wenn sie nicht weiter kommen konnte und raffte sich wieder auf. Gänzlich außer Atem, bis oben hin mit Schlick bespritzt, völlig durchnässt, todesmatt, stolperte sie über die Schwelle.

»Mudder, Mudder, treck mi dat Kleed ut! Vadder – schall – ne – blieben!« konnte sie nur noch sagen, dann war ihre Kraft zu Ende, und sie sank um.

Als die erschrockene Mutter Licht gemacht hatte, lag ihre Tochter ohnmächtig auf dem Fußboden in einer breiten Wasserlache.

Willem Cohrs kam den fünften Tag mit seinem Kutter die Elbe herauf, heil und gesund. Ihm hatte der Sturm nichts anhaben können, aber seiner Deern brachte er den Tod.

Cili Cohrs ist nicht wieder aufgestanden.

In dem seligen Glauben, dass sie ihrem Vater und ihrem Bruder in jener Nacht das Leben gerettet hat, ist sie gestorben.

Ihre Mutter aber hat ihr das Kleid mit in den Sarg gegeben und die Fenster auf lange Zeit verhängt.

»In Gotts Nomen Hinnik!«

Langsam ging der Schiffszimmerbaas Jan Siebert an einem Sonntagnachmittag den grünen Elbdeich entlang und guckte mehr nach dem Wasser als nach den Häusern.

Einige von den Booten fielen besonders durch ihre feine Bauart auf. Kein Wunder – Jan Siebert hatte sie gezimmert.

Einige von den Jollen segelten verteufelt fix durch die Binsen. Kein Wunder – Jan Siebert hatte sie gebaut.

Einige von den großen Kuttern leuchteten wie Königsschiffe über das Wasser. Kein Wunder – Jan Siebert hatte sie zusammengeklopft.

So grüßten ihn auf Schritt und Tritt seine Schiffe und machten ihm das Herz warm.

Als er bei Gesine Külpers Strohdach angelangt war, sah er ihren ältesten Sohn im Gras sitzen und einen Aalkorb ausbessern.

»Kumm mol rup, Hinnik«, rief er, und der Junge lief in Sprüngen.

»Gu'n Dag, Jan-Unkel.«

»Segg mol, Junge ... Du kummst nu Ostern ut de Schol ... Wat wullt du denn beschicken?«

Hinrich guckte nach der Elbe.

»Ick will giern up'n groten Kutter.«

»No See, Junge?« »Jo.«

Der Baas sah ihn lange und prüfend an.

»Dien Vadder is bleben, Hinnik.«

»Großvadder is ok bleben – un Vadder is dorüm doch wedder no See gohn«, antwortete der Junge.

»Is dien Mudder dormit inverstohn?«

Der Junge stockte.

»Ick weet 't ne. Ick hebb er noch ni van seggt«, gab er dann zögernd zu.

Der Baas nickte vor sich hin. »Is good«, sagte er mehr zu sich als zu dem Jungen und klinkte die Tür auf.

Hinnik aber steckte beide Hände tief in die Hosentaschen und schwankte nach Seefahrerart von einer Seite nach der andern wie ein rollendes Schiff, als er den Deich hinunterstieg, denn er fühlte sich schon als Fischerjunge.

* * *

Die schmale, schwarzgekleidete Frau erschrak heftig, und ihr Gesicht wurde noch bleicher.

»Hett he dat seggt?« fragte sie schon zum dritten Mal. »He will no See?«

Jan Siebert nickte ernst.

Sie faltete die mageren Hände.

»He schall ne up 't Woter, Jan Siebert, dat kann gewiss ne gohn. Segg doch sülbst, kann he no See? Sien Vadder is verdrunken, un he will ok no buten? Nee, nee – ick kann keen wedder no See seiln sehn. Ick hol 't ne ut.«

Er schwieg.

»He mütt an Land blieben, Jan Siebert«, fuhr sie erregter fort. »Lot em Buer warn oder Schoster oder Snieder – ganz egol – ober no See schall he ne. Du büs Vörmund: segg em dat.«

Der Baas war sich einig geworden.

»Denn is 't bat beste, wenn ick em up de Warf nehm, un wi em Timmermann warn lot. Denn süht he doch wenigstens Scheep un Woter.«

Sie atmete erleichtert auf.

»Jo, Jan Siebert, nimm em hin.«

»De dree Johr verdeent he ober nix«, sagte der Baas, aber sie schüttelte nur den Kopf.

»Dat deit nix. Min lütj Tügloden smitt woll so veel af, dat wie Brot hebbt.«

Er war aufgestanden.

»Schall ick 't em seggen?«

Sie bot ihm die Hand zum Abschied.

»Jo, segg du 't man. Ick kann 't ne.«

»Hinnik!«

»Wat schall ick?«

»No See kannst du ne kommen. Dat geiht ne. Din Mudder will 't ok ne hebben. Du kummst Ostern no mi un lierst de Timmeree. Dor hest ok jo fix Lust to, ne?«

Der arme Junge stand regungslos da und konnte nicht Ja und nicht Nein sagen. Ihm war, als habe man ihm das Herz in der Brust umgedreht und ihm die Fenster, in die die liebe Sonne schien, mit großen grauen Säcken verhängt.

»Hest du't hürt, Junge?« fragte der Baas, als er noch immer keine Antwort bekam.

»Jo«, sagte Hinnik da heiser und guckte traurig vor sich hin.

Erst als der Baas fortgegangen war, rührte er sich wieder und sah finster und feindlich nach der Elbe. Die war zwischen ihn und die See getreten. Sie war nun nicht mehr der blaue, blinkende Weg zu der bewegten, unendlichen See: – ein hässlicher, breiter Graben, der ihm alles versperrte. Es war auch ganz gleich, ob er mit dem Aalkorb noch wieder nach dem Priel hinabwatete oder ob er ihn im Gras liegen ließ.

Mit zusammengezogenen Brauen und fest aufeinander gepressten Lippen kletterte er müde den Binnendeich hinunter, wo er die Elbe nicht sehen konnte, und warf sich ins Gras. Ihm war zum Weinen zumute.

Aus dem Fenster aber folgten ihm zwei todestraurige Augen, und eine bekümmerte Mutter legte die Hände für ihr Kind zusammen.

* * *

Seit dem Tage war Hinnik anders. Mit keinem Wort war das Geschehene erwähnt worden, – seine Mutter vermied es ängstlich, davon anzufangen – aber es stand etwas zwischen ihnen, das nicht vergehen und nicht verwehen wollte. Hinnik war scheu und zurückhaltend und wich ihren Blicken aus. Strich sie ihm mit der Hand über die Stirn, so trat ein gequälter Ausdruck in sein Gesicht. Sie hatten ihm die große, schöne Lampe weggeholt und dafür ein armseliges Talglicht auf den Tisch gestellt und glaubten, er merke keinen Unterschied: – das konnte er nicht verwinden.

Es war noch nicht viel besser geworden, als er schon auf der Werft stand und mit Hobel und der Axt umzugehen lernte. Wohl begriff er alles leicht und war anstellig und willig, aber in seinem Gesicht war deutlich zu lesen, dass die Arbeit ihn nicht freute, und dass er nicht mit dem Herzen dabei war.

Jan Siebert war aber dennoch guten Mutes und meinte zu Gesine, dass gut Ding seine Weile haben wolle.

Wer weiß – – –

Vielleicht wäre Hinnik doch ein Zimmermann geworden.

Wenn nicht die Elbe so nahe gewesen wäre!

Wenn nicht so viele Ewer und Kutter vorbeigesegelt wären!

Wenn nicht die alten Fahrensleute immer von draußen erzählt hätten!

Und wenn Rudolf Holst an dem Tage in Hamburg einen Koch gekriegt hätte, wäre es vielleicht auch noch anders gekommen. Er kriegte aber keinen und schimpfte im Vorbeigehen, dass er nun liegen bleiben müsse und doch so gern mit der Nachttide hinuntergesegelt wäre.

Da konnte Hinnik nicht anders: er lief ihm nach und ließ sich als Junge annehmen.

Abends erzählte ein aufgekommener Lüttfischer, dass er ihn auf dem Kutter gesehen habe.

»Mi hett dat ahnt«, sagte Jan Siebert zu Gesine, die trostlos dasaß.

»Den leet de See keen Ruh.«

Sie weinte nur noch mehr.

»He will verdrinken as sin Vadder.«

Er schüttelte abweisend den Kopf.

»So nich, min Diern. Nu he mal so wiet is un de See sehn hett, holt wi em ne mihr an Land. Lot em Fischer warn. Von tein blisst doch jümmer bloß een, un he hürt to de negen annern, de wedderkommt.«

Der böse Ostwind hatte den Kutter schon zweimal nach der Weser gejagt, – nun brachte eine gängige Brise aus Westen ihn mit vollem Zeug die Elbe herauf.

Gesine bekam gleich Order von Jan Siebert, dass er aufgekommen sei – und wartete am andern Tage auf ihren Jungen. Er musste doch kommen?

Hinnik kam.

Erst zu Jan Siebert.

»Ick hebb di ok 'n poor Fisch mitbröcht«, sagte er und ließ eine Stiege Schollen aus dem Taschentuch springen.

»Weest, wat du verdeent hest«, grollte der Baas und sah ihn schief an. Heimlich freute er sich aber über den wetterbraunen jungen Kerl.

Der sagte keck: »Nee«, sprang aber zur Vorsicht rasch auf den Deich, denn er war nicht sicher, ob nicht doch ein Stück Holz geflogen kam.

»Bus ok seekrank wesen?« scholl es ihm freundlicher nach.

Er lachte.

»Keen Gedanke!«

Seine Mutter saß am Tisch und stützte den Kopf in die Hände.

Er warf zwei Goldstücke hin.

»Mien Verdeenst, Mudder«, sagte er stolz. Dann knüpfte er das Tuch auf und breitete seine Schätze aus: springlebendige Schollen, rote Muscheln, Seeäpfel und Seesterne und eine Handvoll Bernstein.

»Ick kann di seggen, up Bremerhoben is't fein, Mudder. – Den Kaiser hebbt wi ok dropen, Mudder. He güng mit sien witte Jacht no Wilhelmshoben. – Un up Nordernee sünd wi ok an Land wesen. Wi legen dor twee Dog för Wind.«

Er erzählte munter darauf los, ohne sich stören zu lassen. Schließlich guckte er sie aber doch an – und da sah er, dass ihr die Tränen in den Augen standen. »Wees man still, Mudder. Dat is nu mol so komen. Ick bün Fischer, lot mi man Fischer blieben.«

Sie war aufgestanden.

»In Gotts Nomen, Hinnik!«

Nordostpassat

Nach einundzwanzig Tagen widrigen Windes und mühseligen Halsens war unsere gute Hamburger Bark »Kriemhild« endlich in den Bereich des Nordostpassats gekommen. Die köstlichste Zeit der Reise war angebrochen, das große Aufatmen vor Kap Horn, und eine Weile schien es wirklich, als wenn die Freude sich nicht anders als in Liedern Luft machen könnte. Als wenn sie sich Luft machen müsste, die helle Freude über den starken, förderlichen Wind, der unser Schiff in seine Arme genommen hatte, über die lange Reihe der sonnigen Tage und sternklaren Nächte, die nun vor uns lag, über die glücklichen Wochen, in denen kaum eine Rah gefiert und kaum ein Segel gebrasst zu werden brauchte, in denen kein Brecher über die Reling fössen und kein Elmsfeuer an den Nocken flammen sollte.

Das war in dem Augenblick, als wir von der Steuerbordwache auf der Großbram in den Pferden standen und die alten Passatsegel anschlugen, als wir die weißen Wolken über den Heben wandern sahen und die fliegenden Fische gewahr wurden, die vor dem Bug scharenweise aus dem Wasser schwirrten, und als wir Lord unter uns bemerkten. Ja, unter uns, auf der Back, stand unser Seekalb, wie der Koch ihn nannte, stand unser riesiger Neufundländer Hund weit vorgestreckten Kopfes und sog den frischen Wind mit Behagen ein. Wir guckten einander an und sprachen laut darüber. Was für ein guter Geist musste mit dem Passat an Bord gekommen sein, wenn Lord, der seit vierzehn Tagen regungslos vor der Kajüte gelegen und Krankenwache gehalten hatte, mit einem Male wieder lebendig geworden war! Hoch auf der Back stand der Hund im wehenden Wind und mit einem Male begann er freudig zu bellen! »He bellt!« ... »Jo, jo, he bellt!« ... »Nu sall de Krankheit sik woll geben!« ... »Jo, nu ward uns lütte Janmoot bald beter!« ... So ging es bei uns auf der Rah durcheinander – dann stimmte der Altenländer an:

*Nordostpassoot,
Wi hefft Di foot ...*

Wir sangen mit und ließen die Segelarbeit sachter angehen.

Das war aber nur ein Blink, das die Wolken jach schlossen – auf dem Achterdeck erschien des Alten undurchdringliches Gesicht! Wir besannen uns auf den todkranken Jungen in der Kajüte, brachen mitten im Gesang ab und griffen wieder in unser Segel. Auch Lord war plötzlich verstummt. Schuldbewusst kletterte er von der Back hinab und schlich hängenden Kopfes nach dem Achterdeck zurück. Dort warf er sich wieder schwer und traurig vor der Kajüte nieder.

* * *

Den andern Morgen mussten wir unsre Flagge halbstock holen. Unser Junge war in der Nacht gestorben. Die Backborder erzählten, dass der Hund mit einem Male ganz laut und ganz furchtbar aufgeheult hätte, wie sie nie einen Hund hätten heulen gehört, und in demselben Augenblick sei der Tod über Deck geschritten.

Wie war uns um unsern Spielvogel zumute! War es nicht jedem, als sei sein eignes Kind gestorben, hatte er nicht jedem zutraulich angehangen, hatte nicht jeder mit ihm spielen und ihm erzählen müssen! Mehr als auf dem Achterdeck bei seinem ernsten Vater – unserm Ollen! – und bei seiner kränklichen, blassen Mutter war der Junge auf der Back heimisch gewesen, ständig hatte er bei uns im Logis gesessen, wenn er nicht an Deck mit uns spielen konnte, so dass der Alte einmal halb lustig, halb ärgerlich gemeint hatte: das sei ja gar kein Kapitänskind, das sei ja ein kleiner Janmaat. Worauf aber der Segelmacher gesagt hatte: »All de Kopteins möt as Janmooten anfangen!«

Der Segelmacher, unser wunderlicher Seilmoker, wie trug er an dem Tod des Jungen? Schwer trug er daran! An ihm hatte der Junge am allermeisten gehangen, immer hatte man die beiden beisammen gesehen: wenn uns lütte Janmaat nicht gerade auf dem Hund um Fock- und Großmast ritt, saß er sicherlich bei dem Segelmacher zwischen Klüver und Besan. Der Alte trug schwer, er sprach kein Wort mit uns, die Segelmacherei ruhte gänzlich. Die Hände auf den Rücken gelegt, ging er in sich gekehrt ruhelos an Deck hin und her. Mitunter stand er still, als besänne er sich auf etwas, dann schüttelte er trübselig den Kopf und nahm seine Wanderung wieder auf.

Lord hätte seit dem Tode des Kleinen kein Futter mehr angerührt, behauptete der Koch, der sich alle erdenkliche Mühe gab, das Tier zum Fressen zu bewegen. Aber Lord ließ alles stehen. Während der Krankheit war er der Kajüte verwiesen worden, weil der Junge stärker fieberte, wenn Lord sich zu ihm drängte: da hatte er draußen getreulich Wache gehalten. Nun ihm die Tür offen stand, war er Totenwächter geworden. Noch regungsloser als draußen lag er zu Füßen der kleinen Koje. Der Steuermann hatte ihn gesehen, als er das erstemal zu dem Toten hineingelassen worden war. Anfangs hatte er zum Erbarmen gewinselt, hatte an dem Holz gescharrt und sich an der Wand aufgerichtet, dass er dem Jungen in das Gesicht sehen konnte, dann hatte er laut gebellt, als wollte er ihn wecken. Als alles still geblieben war, hatte er sich zuletzt traurig hingelegt. Mitunter aber – das wusste ich vom Koch – richtete das treue Tier sich lautlos auf und blickte lange in das weiße Gesicht, lange Zeit, dann winselte es leise und warf sich wieder hin. Sonst bekümmerte es sich um nichts, selbst den Alten beachtete es kaum.

Der Zimmermann hatte sich erboten, einen kleinen, hölzernen Sarg zu machen, wegen der Haie: aber davon wollte der Alte nichts wissen: der kleine Janmaat sollte auch als Janmaat auf dem Meeresgrunde ruhen. Er war zu dem Segelmacher getreten:

»Seilmoker, neiht em man in as 'n Seemann!«

Da musste der Segelmacher sein irres Laufen aufgeben und sich an die traurigste Arbeit seines Lebens machen, Segeltuch zurechtschneiden und einen Totensack für den Jungen nähen. Er fuhr schon ein Menschenleben auf großen Schiffen, der alte Seilmoker, und hatte schon manchem Kameraden den letzten Rock nähen müssen, aber so lange Zeit hatte er noch niemals gebraucht wie dieses Mal. Immer wieder trennte er die Nähte auf, weil es ihm nicht gut genug schien. Der Zimmermann kam mit einem kleinen, zierlich-schmucken Vollschiff, an dem er seit Dover geschnitzt hatte, und fragte, ob er es dem Jungen in den Sarg mitgeben könnte, aber der Seilmoker schüttelte tiefsinnig den Kopf.

* * *

Der andere Tag, an dem wir den kleinen Janmaaten der See übergeben wollten, war ein Sonntag. Als ich mich für die Trauerfeier anzog, – wir zogen uns alle festtägig an, das hatten wir alle für den Jungen übrig! – war es mir wie ferner, verhaltener Glockenklang in den Ohren. Auch die anderen machten ernste Gesichter, als wenn sie zur Kirche rüsteten. Und war doch rauhes Volk, das über die Erbauungsschriften, die der deutsche Seemannsmissionar zu Kardiff an Bord geschleppt hatte, mit Spott hinwegging und seit der Konfirmation, wie ich, die Kirche nur noch von außen gesehen hatte. Ich besinne mich auf Jan Holms Gesicht, als er sich zu Punta Arenas mit den fünf betrunkenen Italienern angelegt hatte: heute sah es anders aus. Bei Hein Dreyer habe ich gesessen, als er zu Philadelphia bei dem dicken Naucke den Brief las, in dem seine Schwester ihm schrieb, dass seine Mutter gestorben war: er machte ganz dasselbe Gesicht wie damals. Kord Jansen habe ich gesehen, als wir ihn nach halbstündigem Treiben in der Skager Dünung glücklich aus dem Wasser gefischt hatten: damals gefielen mir seine ruhigen Augen nicht besser …

… Es war etwas geschehen, das stand fest, aber niemand wusste etwas Gewisses, und der Koch wollte nicht mit der Sprache heraus, soviel wir ihn auch fragten. Soviel aber war doch vom Achterdeck hergesickert, dass etwas Seltsames, Grausiges passiert war. Lord, unser ruhiger, unerschütterlicher Hund, sollte den alten Segelmacher angefallen haben, als dieser den toten Jungen in das Segeltuch genäht hatte, er sollte ihn zu Boden gerissen und übel zugerichtet haben. Der alte Mann habe sich nicht wehren können, da seien aber der Alte und der Steuermann dazwischen gekommen und hätten die beiden auseinandergebracht. Lord, der nicht ruhig geworden wäre, sei endlich an die Kette gelegt worden. Wie gesagt, war Gewisses nicht zu erfahren, und es war deshalb kein Wunder, dass das Logis sich in den abenteuerlichsten Vermutungen und Ausbreitungen erging …

Der Steuermann erschien vor der Back und sagte: wer ihn noch einmal sehen wollte, sollte nach dem Achterdeck kommen. Da schritten wir einzeln nach hinten, um dem Jungen noch ein letztes Mal in das Kindergesicht zu gucken. Ich kam ziemlich zuletzt hinein. Die Kajüte war Halbdunkel: das Scheinleit war mit der Kappe überzogen. Aus der Dunkelheit des schwarzbedeckten Tisches blickte das weiße Wachsgesicht unseres lieben Jungen heraus. Der Hund war nicht da. In der Ecke regte sich etwas: als ich schärfer hinsah, bemerkte ich den Segelmacher, der mit abgewandtem Gesicht auf der Bank saß. Ich berührte die kalte Hand des Toten und sah ihm fest grüßend in die halbgeöffneten Augen, beinahe freudig in dem gewissen Gedanken, dass ich ihn nie vergessen könne, und dass er nun – in meinem Herzen! – vor allen Stürmen und vor aller Krankheit geborgen sei. Dann trat ich in den Sonnenschein zurück.

Nicht lange danach standen wir entblößten Hauptes an Steuerbord im Kreis um die kleine Rolle aus Segeltuch, die auf einer schwarzbedeckten Kiste ruhte, während die Sonne glitzernd auf der See und leuchtend auf den Segeln lag.

Wir sahen uns an, als wir Lord nicht mit dem Alten kommen sahen. Es war etwas Wahres an dem Gerücht.

Der Steuermann las ein Kapitel aus der Bibel vor. Ich weiß nicht mehr, was es war, denn ich sah den alten Seilmoker kommen und bemerkte, dass er ein Tuch um den Hals trug und ganz verstört aussah.

Dann trat der Koch vor und sprach mit bewegter Stimme das ergreifende Totengedicht von Gerok:

Auch das Meer gibt seine Toten wieder,
wenn der große Fürst des Lebens ruft!

In dem Augenblick sah ich einem Mann zum erstenmal tief ins Herz, mit dem ich schon jahrelang bekannt war, ohne zu wissen, dass er etwas anderes war als ein guter Koch und ein großer Spaßmacher. Auch die andern hörten dem Koch mit großer Verwunderung zu: dergleichen hatte ihm niemand zugetraut.

Der Steuermann sprach ein Vaterunser, dann sagte er schlicht: »As Seemann büst du storben, as Seemann sallst du begroben wann. Sloop moi, lütt Jung!«

Die wankende Frau stützend, führte der Alte sie mit tröstendem Gebrumm nach der Kajüte zurück.

Nun aber trat der Seilmoker vor und beugte sich zu dem Segeltuch nieder, um den Jungen nach der Reling zu tragen. »Nu kumm, mien Jung, mien Jung.«

* * *

Eigentümlich genug: ich weiß noch heute nicht, ob ich eher geschrien habe: »De Hund, de Hund!« oder ob ich ihn eher gesehen habe ... In demselben Augenblick fegte es vom Achterdeck heran und warf sich mit grässlichem Geknurr auf den Alten, dass er zu Boden stürzte und mit dem Hinterkopf schwer auf das Deck schlug. Lord war es, der sich losgerissen haben musste. Als sei es toll geworden, so biss das Tier auf den Alten ein. Nach dem ersten Schrecken warfen wir uns alle Mann dazwischen und rissen den Hund zurück. Das sonst so treue, gelassene Tier war wie umgewandelt, es schnappte in blinder Wut nun auch nach uns und konnte nur schwer überwältigt werden.

Wir hoben den Seilmoker auf, der stark blutete, und verbanden ihn mit Hilfe des Alten, während der Steuermann das Segeltuch still über Bord gleiten ließ, ohne dass es eigentlich einer merkte.

In der Nacht erschauerten wir bei dem wehen, klagenden Gebell des Hundes, das nicht aufhören wollte. Ich hatte entdeckt, dass der Hund die Kette nicht zerrissen hatte, dass also der Alte ihn losgekettet haben musste, aber ich sprach darüber zu niemand.

* * *

Acht Tage hatten wir den Passat bereits in den Segeln und waren dabei ein großes Stück südlicher gekommen. Der Gleichmut kehrte in unsere Seelen zurück.

Aber Lord lag noch an der Kette, das stolze, freie Tier war zu einem Kettenhund geworden. Es erfüllte mich mit Traurigkeit und Schmerz, wenn ich die Großwanten hinaufgeklettert war und ihn hinter dem Kreuzmast liegen sah. Er fraß kaum wieder und war erbärmlich mager geworden.

Und der Seilmoker lief noch mit verbundenem Kopfe umher und gebärdete sich, als hätte er seine gesunden Fünf nicht mehr. Es war ein Jammer mit ihm und mit dem Hund.

»Koptein!«

»Seilmoker?«

»Ik will nich, dat de Hund noch an de Keed liggt. Wenn wi in Punta sünd, goh ik af, denn kann he wedder free rümlopen.«

Der Alte sah finster drein, als er antwortete: »Seilmoker, keen Word! Wi sünd all teihn Johr tohop: wi bliest tohop. De Hund sall weg! – Jo, Seilmoker, wat meent Ji? Hefft soveel von den Jungen hollen und sullen nu for all Jon Leef un Godheit so von Bord? Dat ward nix!«

»De Hund hett woll noch mehr von em hollen«, sagte der Segelmacher nachdenklich.

Der Alte ging mit plötzlichem Entschluss nach dem Achterdeck: »Ik will em dat utdriewen«, sagte er düster.

»Och lot dat doch, Koptein, lot dat doch. Dat helpt doch nix. Een Minsch kann vergeben, een Hund kann dat nich. He weet, dat ik den lütten Jungen inneiht un wegdrogen heff, un dat vergitt he sien ganz Leben nich.«

»Seilmoker, dat will ik weten!«

Wir warfen unsere Arbeit hin und sahen auf. Weil der Segelmacher feierte, mussten wir Matrosen nämlich schon seit einiger Zeit sticken und nähen.

Nach einem kurzen Augenblick kam der Alte zurück. Er hatte den Hund am Halsband gefasst und trug einen Revolver in der rechten Hand.

Es wurde todesernst.

»Lord, kumm her, Ji söllt Jo wedder verdrägen! Goh no den Seilmoker hin un geef em den Foot!«

Er hatte den Hund losgelassen, aber dieser rührte sich nicht, er sah auch nicht nach dem Segelmacher hin.

»Lord, goh hin!«

Der Alte drehte den Kopf des Hundes herum und wies mit der Hand nach dem Segelmacher. Lord rührte sich aber immer noch nicht.

Des Alten Gesicht war blutrot geworden. Er hob den blitzenden Revolver:

»Kennst du düssen, Lord? Goh hin, segg ik di!«

Der Segelmacher sah den Revolver und in seiner Angst um das herrliche Tier, begann er zu locken: »Lord, Lord, kumm hier, kumm hier!«

Aber der Neufundländer ließ nur ein dumpfes, grollendes Knurren hören, und als der Alte ihm mit dem Fuß einen heftigen Tritt versetzte, da fuhr er wütend auf den Segelmacher los.

In derselben Sekunde aber knallte es zweimal scharf und laut über Deck, dass die Backborder, die Freiwache hatten, verstört aus dem Schlafe fuhren.

Lord lag erschossen an der Reling. Das Blut floss durch die Speigatten und vermischte sich mit dem schneeweißen Meeresschaum.

* * *

»Seilmoker, wöllt Ji Lord ok in Seildook neihn?« sagte der Alte, steckte den Revolver rasch in die Rocktasche und ging finstern Gesichts nach dem Achterdeck zurück.

Wir aber holten die Flagge wieder halbstock und trauerten um den treuen Lord.

Ditmer Koels Tochter

Der kleine, dicke Bäckergeselle, den die Sonne von 1525 besonders freundlich beschien, als er breitbeinig auf der Kaje saß und mit Steinen nach den Stichlingen warf, die um die Bollwerkspfähle schwärmten, dachte nicht an seine Stutenmacherei, sondern an Venedig und Grönland, an Apfelsinen und Eisbären. Er erschrak sehr, als ihm mit einemmal ein schweres Tau auf den Buckel sauste, und glaubte in die Hände von Seeräubern zu fallen: da erblickte er zu seiner Beruhigung aber nur einen Norderneyer Schellfischangler, der mit seiner grünen Schaluppe heranglitt, und ihm zurief in jenem selbstverständlichen Ton, den unsre Schiffer noch heute führen: »Hak mal öber!«

Der Gesell tat es, rächte sich aber doch für die Apfelsinen und Eisbären und fuhr den Eilandsmann giftig an: »Wat wullt du Spöker hier up'n Namiddag? *Morgens* köpt wi Schellfisch: nu is de Brück leddig!«

– »Mien gode Jung, ick heff ok keen Fisch«, sagte der Schiffer gemütlich, »ik heff moi Tiding for den ehrbaren Rat. Moi Tiding! Ik will mi blos'n beeten afdweilen, denn seil ik up't Rathus.«

»O vertell, Schipper! Wat de Borgermester eten kann, dat smeckt ok wol 'n lütten Bäckergesellen«, bat darauf der Gesell, und er gab nicht nach, versprach zu schweigen wie eine tote Krähe und bettelte solange, bis der Fischer sich herbeiließ, ihm zu erzählen, dass er Nachricht von den Schiffen hätte, die seit Pfingsten die Seeräuber jagten. Die See wäre rein gefegt: die Gallion, der flegende Geest, der Bartum und die Jacht seien im Sturm genommen, Klaus Rode sei von den ergrimmten Bootsleuten in Grapenbratenstücke gehauen, dazu zweihundert Mann erschlagen: der Rest von einhundertsechzig Mann aber und der Hauptmann Klaus Kniphof seien von Ditmer Koel gefangen genommen. Diese Seeschlacht sei in der Osterems geschehen und hätte acht Stunden gedauert. Das Geschwader liege windeshalber achter den Greeten: die erste gute Luft könne es aber schon nach der Elbe wehen …

Hier sprang der Gesell auf, schüttelte sich und rief: »Un wenn de Dübel mi halt, dit kann ik nich verswiegen. Back mi tein Pickplasters up'n Mund, un dat mutt doch rut!« Und ohne auf den fluchenden Norderneyer zu achten, sprang er an Land und rannte stadtein. Die Hände an den Mund gelegt, gröhlte er laut und durchdringend: »Tiding von uns' Schepen, gode Tiding! Ditmer Koel, unse Admiral hefft Klaus Kniphof mit alle Schepen und alle Mann gefangen genommen!« So schrie er ins Millerntor hinein und ließ nicht nach, und bald hatte er einen Haufen von Kindern und Burschen um sich, die seinen Ruf aufnahmen und ihn gewaltig verstärkten. Nicht lange dauerte es: da hatte man sogar schon eine Weise für die Zeitung erfunden, die also lautete:

>»Gode Tiding von uns' Schepen!
>Ditmer Koel hefft Kniphof grepen!
>Söben Schep un hunnert Mann,
>öbermorgen kommt se an.«

Wie eine Windflage, die Staub und Blätter aufwirbelt, so drängte es durch die engen Straßen, und die Rotte vergrößerte sich von Ecke zu Ecke. Hamburg, das schon mondelang auf eine Kunde geharrt hatte, horchte auf, lachte und freute sich des Sieges. Da wurden Fenster aufgestoßen, da wurde gefragt und getan, da traten die Handwerker aus den Türen zu nachbarlichen Gesprächen. Einige steckten die alten Schiffsflaggen heraus, andere ließen einen Krug Braunbiers aus dem Keller holen und machten sich einen lustigen Tag aus der Begebenheit.

Die brausende Woge brandete auch an das Fachwerkhaus, das sich an der Nigentwiete in beschaulicher Stille sonnte und dem Schiffer und Admiral Ditmer Koel gehörte. Die Großmutter des Hauses saß feiernd am halbgeöffneten Fenster und horchte auf die Stille, die hinter all den feinen Geräuschen des Tages ruhte. Neben ihr lehnte Ditmer Koels Tochter, die schöne Gesa, ein blühendes, taufrisches Mädchen von achtzehn Jahren, am Fensterpfosten und spielte nachlässig mit den zwei kleinen grauweißen Katzen, die auf dem Brett übereinander kugelten ...

» ... Ditmer Koel hefft Kniphof grepen ... « Das Siegeslied brach um die Ecke und erfüllte die Twiete. – »Grotmoder, hört ji? hört, hört! Se singt von Vader! He kummt wedder!« rief das Mädchen vor Freude erglühend, warf die Kätzchen ritsch – ratsch auf den Fußboden, stieß das Fenster vollends auf und beugte sich hinaus, um zu sehen und zu hören, was da nahte. »O, wat frei ik mi, Grotmoder!«

Grad unter dem Fenster machte der kleine Bäckergesell halt, der schon vor Heiserkeit kaum noch sprechen konnte. »Leewe Gemeende«, krächzte er roten Kopfes, »mal 'n Spier Gehühr!« Und als der Lärm sich etwas verminderte, denn alle warteten, dass nun etwas abfallen sollte: da berichtete er den Frauen weit ausholend und mit umständlichen Gebärden alles, was er wusste, und was sich so up'n Stutz schicklicherweise hinzulügen ließ. Zum Schluss nahm er seine Mütze ab und hielt sie treuherzig-verlangend auf. »De Kehl is all bannig drög, aber wat deiht'n Hamborger Jung nich all for unsen Admiral Ditmer Koel.«

Die Greisin schüttelte halb belustigt, halb verärgert den Kopf. »Wat hett se seggt?« – »Se seggt, Water smeckt söt!« – »O Mann, wat is de Olsch nährig!« »Free Licht bi Dagen un wieder nix!«

Aber Ditmer Koels Tochter sprang leichtfüßig ins Zimmer zurück und durchsuchte Schrank und Schublade, bis sie eine Hand voll Münzen gefunden hatte, die sie dem Gesellen laut klirrend in den Hut warf.

»Ho – nu drinkt Warmbeer un lat Ditmer Koel hoch leben!« rief sie in fröhlicher Unbefangenheit den Weiterdrängenden nach.

Dann fiel sie der Ahne um den Hals: »Grotmoder, lat mi doch nich alleen lachen: freit jo doch mit! Vader kummt ja doch!« Die Alte strich ihr das blonde Haar aus der Stirn. »Büst so wild, Deern, so wild!« – »As du fröher west büst, nich, Grotmoder?« fragte das Mädchen schalkhaft und erhielt es lächelnd bestätigt. »Ja, Kind, as ick west bün.«

Und dann horchten sie auf den schon halb verschollenen Lärm, dem sich noch die Rufe mühsam entrangen: »Ditmer Koel schall leben: een, twee, dree ... «

* * *

Ditmer Koel sollte leben: er lebte, – und es kamen der Tag und die Flut, die ihn mit der hamburgischen Kriegsflotte, den Kraffeln (Caravellen) und Bojers, bei raumem Wind die Elbe heraufbrachte. Mit den erbeuteten Koggen war das Geschwader zehn Schiffe stark und nahm den ganzen Strom ein. Von allen Toppen flatterten die Wimpel. Am Hafen war kein Platz unbestanden: es wimmelte am ganzen Ufer von Menschen, die den Seeräuber und seine Maaten sehen wollten. Der Katharinenglöckner läutete die Glocken.

Der Admiral Ditmer Koel, mit dem bloßen Schwert gegürtet, trug in der Rechten trotzig die zerschossene Flagge des Seeräubers. Er war immer ein hoher, aufrechter Mann gewesen: aber nie ist er größer und gewaltiger erschienen als an diesem Tage, auch dann nicht, als er Ratmann und Bürgermeister geworden war. Sein Gesicht war erregt; nur als er seine Tochter erblickte, die in einem Kränzlein ihrer Altersgenossinnen stand, lief ein freudiges Lächeln über seine Züge. Neben ihm gingen die Schiffer Simon Parseyal, Klaus Hasse und Dietrich von Minden und wechselten hier und da einige Worte mit den ihnen bekannten Bürgern.

Pfeifen- und Trommelklang nahte. Fünf Fähnlein folgten, und hinter ihnen schritt, geleitet von zwei Edelleuten, der Seeräuber Klaus Kniphof, der Hauptmann. Der jugendliche, vierundzwanzigjährige Kopenhagener sah blass aus, doch war nichts Unmännliches in seinem Gesicht. Er war barhäuptig und trug ein weiches Hemd, dessen Ärmel von Kugeln durchlöchert waren, ein zugeschnittenes Wams und blaue Hosen. Hinter ihm gingen die hamburgischen Hauptleute, die Kriegsknechte und das Schiffsvolk, in ihrer Mitte die Menge der einhundertzweiundsechzig Seeräuber, gefesselt und gekettet.

Als Klaus Kniphof die Gruppe der schönen Mädchen gewahrte, sah er mit großen hungrigen Augen hin. Er war von Jugend auf Seemann gewesen und hatte nach den Hoffrauen Karstens von Dänemark und Margaretens von Burgund nur braune, friesische Muschelsucherinnen gesehen: da war ihm der Anblick dieser weißen, glänzenden Jugend wie ein Blick in die Sonne. Ditmer Koels Tochter erschauerte bis ins Herz vor seinen Augen, und ihr verging Lachen und Neugierde zugleich. Die Trommeln wirbelten dumpf: der Zug ging weiter. Die Mädchen wurden von Mitleid ergriffen und erzählten von dem Jüngling, der dem flüchtigen Dänenkönig sein Reich hatte zurückerobern wollen und dabei ein Seeräuber geworden war. Ditmer Koels Tochter stand wie im Traum und sagte kein Wort. Sie sah nur dem Hauptmann mit dunklen Augen nach, und er erwuchs ihr zum treuesten Helden, zum Hagen, der für seinen König in Not und Tod gegangen war. Es war mehr Mitleid, was sie erfüllte, und in ihrer Mädchenseele regte sich unbewusst ein namenloses Geschöpf, das Weib. Da hasste sie beinahe ihren Vater, dessen gewaltiges Haupt alles Volk überragte. Dann wieder sah sie unverwandt nach dem blonden Scheitel des Dänenhauptmanns.

Ihre Freundinnen hatten genug zu gucken und achteten nicht sonderlich auf sie: aber einem Mannesblick blieb nicht verborgen, was in ihr vorging. In der hinteren Reihe, nicht weit von ihr, hatte schon lange ein bleicher, junger Mönch gestanden und sich schier nicht satt sehen können an ihrem lieblichen Gesicht und ihrer schlanken Gestalt. Stefan Kempe war es, der »Ketzermönch« aus dem Magdalenenkloster, einer von den Lutherischen. Seit drei Jahren schon hing seine Feuerseele dem Wittenberger Doktor an, und er predigte laut und unerschrocken das lautere Gotteswort, dem Volk zu freudigem Aufhorchen, den Papisten zu großem Ärgernis. Viel verklagt und verdächtigt, geschmäht und gescholten, blieb er unverzagt bei der neuen Lehre und vertraute seinem Gott. Im Anschauen des reinen Mädchens stieg wie ein Stern am Himmel in seiner Seele der Gedanke an einen lieben Kameraden in ihm auf und bekränzte sein Herz mit roten Rosen: er dachte daran, alle Fesseln zu sprengen, das dunkle Gewand abzulegen und sein Leben zu krönen, wie Luther es getan hatte, als er die Nonne freite.

Da aber sah er, wie Ditmer Koels Tochter nach dem Seeräuber sah, und er fühlte, wie seine Augen schmerzten. Leise wandte er sich ab und ging davon.

Die Arbeitsleute aber spotteten der Seeräuber, und derbe holländische und dänische Flüche schollen hinwider.

* * *

Der Admiral wurde seiner Tochter fremder in jenen Tagen, als er sich der Freude über seine Seefahrt überließ und versicherte, dass Klaus Kniphof als ein Seeräuber dem Scharfrichter verfallen sei. Sie kam nicht, um Abenteuer zu erfahren und sprach weniger als sonst. Er jedoch machte sich wenig Sorge darum, er dachte an nichts als an seine Sache. Kniphofs Fähnlein hänge im Dom unter der Kanzel, verkündigte er eines Tages. Da ging Gesa hinaus, ohne ein Wort zu sagen und weinte sich auf ihrer Kammer aus. Und als er ein andermal wieder von der Ems erzählte, wie er seinen Leuten zuvor ein kräftig Süpplein zu kosten gegeben hätte, Warmbier mit Büchsenkraut (Schießpulver), das sie teufelswild gemacht hätte, da kam ein Grauen über sein Kind, das es nicht abschütteln konnte. Über ihre Träume aber schaltete der junge, blonde Hauptmann, der auf dem obersten Boden des Winserturmes saß und durch die Eisenstangen auf Fleete und Schuten starrte.

Kniphof hatte um einen rechtskundigen Mann gebeten, dem er seine Sache betrauen wolle: der Rat hielt es aber für geratener, ihm einen Beichtvater zu bestellen. Das war der Ketzer Stefan Kempe, der nun jeden Tag die Hühnerstiege hinankletterte und dem Gefangenen Trost zuzusprechen suchte. Kniphof jedoch hatte noch Segel und Wind. Er berief sich auf den Kaperbrief der Burgunderin und auf seines Königs Bestellung. Als kriegsführende Macht habe er den Gebrechen der Vitalie steuern können, ohne darum ein Seeräuber zu werden. Margarete von Burgund, seines Königs Schwägerin, Karls des Fünften Tochter, werde ihn schützen. Der Rat schickte nach Brüssel und ließ hansisch-stolz fragen: wat se mit den steden to donde hadde? – worauf Margarete den Brief verleugnete und den Seeräuber fallen ließ. Kniphof aber wollte es nicht glauben.

Ditmer Koels Tochter ging hellhörig um ihren Vater herum, bis sie wusste, dass Kniphof noch eine Mutter hatte, die bei Kopenhagen lebte. Da packte sie sich heimlich hinter Schiffer und Kaufleute, die die Ostsee befuhren, schrieb der Greisin, gab ihr von allem Kunde und bat sie dringend, nach Hamburg zu kommen. Die alte Frau kam auch zu Schiff herüber, und Gesa Koel nahm sich ihrer liebevoll und zärtlich an, brachte sie im Kloster unter und stand ihr bei, dass sie vom Rat die Gnade erwirkte, ihren Sohn wiederzusehen.

Es kamen aber zwei Frauen und begehrten Einlass, und die zweite nannte sich die Schwester von Kniphof. Der Turmhauptmann kratzte sich am Kopf und machte Einwendungen, denn der Ratsbrief ging nur auf die Mutter, aber weil die Schwester ein schönes Weib war, erhoffte er sich einige Gunst und ließ sie mit hinein.

Klaus Kniphof war im Gespräch mit seinem Beichtvater. Als er seine Mutter erblickte, wurde er bleich, er wollte aufstehen und ihr entgegengehen, aber kraftlos brach er zusammen und barg laut schluchzend sein Haupt in ihrem Schoß. Erschüttert stand Gesa Koel dabei.

Nach einer Weile sah Kniphof auf und wurde ruhiger. Stefan Kempe, dessen dunkle Augen um das Mädchen brannten, das er wohl erkannte, schickte sich an hinauszugehen, aber Kniphof bat ihn, zu verweilen. Dann erst sah der Seeräuber das Mädchen und erkannte sie wieder vom Millerntor her und wusste, dass sie aus edlem Geschlecht sein musste. Er gab ihr die Hand und dankte ihr, dass sie sich seiner guten Mutter angenommen hätte. Gesa aber wies ihn an Stefan Kempe, der der alten Frau das Kloster erschlossen hatte und für sie sorgte. Kniphof schöpfte neue Hoffnung, und er begann zu erzählen. Sein ganzes Leben und seine wilde Meerfahrt breitete er vor den Frauen aus, und Stefan Kempe lehnte düster am Fensterkreuz und kam sich armselig vor. Die Höfe von Kopenhagen, London und Brüssel wurden bedacht: Kniphof redete sich in Jugendlust hinein und berichtete von der holländischen Zeit: wie sie bei Amsterdam die vier großen, schwerbestückten Schiffe ausgerüstet hätten, wie er seine dreihundert Leute angeworben hätte, und wie er dann mit bunten, geschwellten Segeln unter dem Donner der Kanonen in See gestochen sei, Norwegen zu zwingen und Dänemark zurückzuerobern. Dann kamen die Seeschlachten bei Bergen und vor Kopenhagen, der gewaltige Nordsturm bei Skagen. Haushohe Wogen und ein unerschrockenes Herz! Die Lust an der Meerfahrt leuchtete in Kniphofs Zügen auf: Gesa Koel aber sah Stefan Kempe an, als wenn sie vergleichen wollte, und dieser wusste den Blick recht zu deuten.

Kniphof kam auf die Seeräuberzeit. Sein Freibrief müsse ihn schützen, er sei kein Seeräuber. Es könne nicht sein, dass Margarete ihn den Städten überließe: der Bote sei wohl von Oranien abgefertigt worden. Es müsse noch einmal geschickt werden.

Die Glocke erscholl und verkündete, dass die Besuchszeit zu Ende sei. Kniphof verabschiedete gefasst seine Mutter, die zu weinen begann und gab dem Mädchen die Hand zum Lebewohl.

Unten am Turm aber standen sich Gesa Koel und Stefan Kempe Aug in Aug gegenüber. Das Mädchen sah ihm offen ins Gesicht, und dann kam es über sie, dass sie ihm vertrauen könne wie einem Bruder, und sie streckte ihm die Hand hin. Da sagte sie ihm, dass sie mit der Frau nach Brüssel reisen und sich der Statthalterin zu Füßen werfen wolle für Kniphof, damit er gerettet werde. Er versuchte nicht sie umzustimmen, denn er fühlte, dass sie diesen Gang tun musste, aber er bat sie, ein Nonnenkleid anzulegen, das ihre Schönheit der Landstraße verhülle: er werde es ihr bringen. Die Fahrt werde den Seeräuber nicht retten, denn Margarete könne es nicht mit Hamburg verderben: aber um den Frieden ihrer Seele solle sie reisen. Sie schüttelte dazu den Kopf. Dann bat sie ihn, Kniphof noch nichts zu sagen.

* * *

Einen Tag danach verließen eine alte Frau und eine verschleierte Nonne in aller Stille die Stadt. Stefan Kempe stand am Klostertor und sah ihnen lange nach. Wunderliche Gedanken wehten über sein Herz, und sein Gewissen schlug, weil er nicht wusste, ob er recht getan hatte. Er lag vor seinem Gott auf den untersten Stufen und sollte Raubmörder und Seeräuber trösten und dem Volk einen neuen, freudigen Glauben predigen! Und sein Kamerad zog für einen anderen davon …

* * *

Den Morgen dann, als die Greisin reise- und lebensmüde vor der hohen Frau Margarete zu Boden sank, dass Graf Egmont sie aufrichten musste, als Ditmer Koels Tochter kühn und dringend für Klaus Kniphof sprach und die Herzogin an Brief und Wort mahnte, ohne mehr erreichen zu können als ein rasches Wort Egmonts, einen ausweichenden Spruch Margaretens und eine abweisende Entscheidung des düsteren Oranien, – da läutete das Armsünderglöcklein von St. Kathrinen zu Hamburg und die Winser Wache brachte Klaus Kniphof nach dem Brook. Stefan Kempe ging an seiner Seite. Der Seeräuber war gefasst. Er hatte das bunte Leben und die weite See fahren lassen und sich in Gott ergeben. In dieser letzten Stunde sagte ihm Stefan Kempe, dass die beiden Frauen nach Brüssel gereist seien. Kniphof schüttelte den Kopf – er glaube nicht mehr an die Burgunderin, aber es war ihm doch ein Trost, dass seine Mutter ihn nicht diesen Weg gehen sah. Dann fragte er nach seinen Leuten. Und schließlich wollte er den Namen des schönen Mädchens wissen. Da sagte ihm der Mönch, dass sie des Mannes Tochter sei, der in der ersten Reihe säße und am ernstesten drein schaue. Und Kniphof sah auf und erkannte seinen gewaltigen Widersacher Ditmer Koel.

Danach aber musste er im Angesicht der blauen Elbe den Nacken beugen.

* * *

Grauer nordischer Nebel lag auf der Stadt. Stefan Kempe, der Mönch, stand auf offenem Markt und predigte das lautere Wort der Bibel. Schiffer und Handwerker, Bürger und Fremde umdrängten ihn, denn er war des Wortes mächtig und sprach freundlich und gewaltig zugleich. Noch hätte er keine Kirche, sagte er, noch müsse er in Wind und Wetter reden, aber das Licht, das zu Wittenberg angesteckt sei, könne kein Wind und kein Wetter mehr verlöschen, und er werde nicht ruhen, bis es in allen Kirchen Hamburgs brenne. Es geriet aber ein Haufe von Papisten hinzu, die ihn mit Geschrei und Gegenrede zu stören versuchten und ihn überteufeln wollten. Er wurde Ketzer und Volksaufwiegler gescholten. Man werde ihn beim Rat verklagen. Der Mönch wich nicht: immer gewaltiger erhob er seine Stimme, und immer mehr Volk strömte ihm zu.

Da geschah es, dass ein Ratmann zu ihm trat und ihm sagte, er sei ein alter Schiffer und verstünde sich auf Wolken und Wind: es würde gleich regnen, darum wäre es besser, wenn er auf die Kathrinenkanzel stiege. Stefan Kempe lächelte und begab sich mutig mit seinem Volk in die Kirche. Die Papisten aber liefen ob des neuen Greuels wutschnaubend nach dem Rathaus und erhoben ein wildes Geschrei über den Ketzer.

Als der Mönch dann in der Dämmerung seinem Kloster zuschritt, folgte ihm eine Nonne, die mit in der Kirche gewesen war. Und als er sich umwandte nach diesem Schatten, da erkannte er Ditmer Koels Tochter. Sie sagte ihm von Burgund, und dass sie Klaus Kniphofs Mutter zu Osnabrück begraben hätte: die Kunde von der Hinrichtung hätte sie getötet. Sie wolle nun in ein Kloster gehen und still leben.

Da aber regte sich in Stefan Kempes Seele ein mächtiger Wind, der nicht vom Himmel kam, sondern von der Erde. Und er sprach zu ihr wie zu einem guten Kameraden: dass er die Kutte ausziehen und ein neuer Mensch werden wolle. Ob sie gewillt, ihr Leben im Kloster zu vertrauern, oder ob sie ihm helfen wolle, wie Katherine von Bora dem Luther.

Ditmer Koels Tochter gab keine Antwort, aber sie hatte doch schon den Mut, den Abend noch an Stefan Kempes Seite zu ihrem Vater zu gehen.

Der Gebliebene

Die Schollenzeit ist wieder ins Land gekommen und wie jeden Frühling sitzt die blinde Gesine vor der Tür im Stuhl, wenn die Luft geruhig und warm ist, und hört auf die Gespräche der vorübergehenden Leute, die um die überreichen Schollenfänge der Nordseefischer beim ersten Feuerschiff gehen. Sie horcht auf das dumpfe Schlagen der Segel und auf das Geklapper der Winschen und Spillen auf den Kuttern und Ewern, die Lappen oder Anker fieren oder hieven, die aufgekommen sind oder fahren wollen. Sie riecht die Scharben, die zum Trocknen aufgehängten Schollen, die den Deich umkränzen, und bei rauhem, nördlichem Winde auch den Teer und die Lohe, denn ihre Nase hat sich sehr geschärft, seitdem ihre Augen erloschen sind.

Wie die Sonnenstrahlen um sie spielen, als der Wind die weiße Wolke weggeblasen hat, hebt sie den blonden Kopf, als könne sie wieder in die Weite sehen. Unverwandt ist das Antlitz gegen die Elbe gewendet. Und sie träumt und sieht! Mit den Augen der Seele sieht sie in die Schollenzeit des sonnigsten Jahres ihres Lebens, als sie Harm Dankers Braut war und die Welt noch sehen konnte, als Harm sie mit weit über Wanten, Segel und Gaffel wehendem, blauweißem Stander begrüßte oder in der Abenddämmerung mit loderndem Flackerlicht, wenn er mit seinem großen, neuen Kutter, mit mächtigen, braunen Segeln die Elbe heraufkam, den Bünn voll von Schollen und das Herz voll von Freude und in seinen achttägigen Bart hineinlachte. Sie sieht ihn vorbeisegeln, den »Wanderer«, den grünbugigen, schlanken Jäger, der nur wenige der anderen Kutter auf der Rechnung hatte, wenn der Wind steif genug war. Jetzt ist er ins Fleet hereingekreuzt und hat die Segel schon nicht mehr stehen: geruhig spiegelt er sich in dem blanken Wasser und schaut groß nach dem Deich herüber. Der sie aber mit dem Boot vom Müggenloch abholt, wie sie geht und steht, um ihr sein Fahrzeug einmal zu zeigen, das ist Harm. Sie sträubte sich erst und ging dann doch lachend mit und ließ sich das Schiff zeigen, von buten und von binnen. Von binnen auch, nachdem sie gesehen hatte, dass der Koch in der Kombüse saß und Kartoffeln schälte. Ohne einen Seuten ging das aber doch nicht ab, denn Harm schob kurzerhand die Kojentür zu, als sein Speisemeister kluge Nasenlöcher machte, und sie sagte nichts, als er sie umfasste an diesem schönen Sonntagmorgen und sie küsste wie Störtebeker die Tochter des hamburgischen Bürgermeisters. Die Tasche voll von glänzenden Schollentalern, ging Harm mit ihr den Deich entlang, der Tür bei Tür mit Stühlen besetzt war, und war sehr dahinter her, dass sie ihm nicht weglief. So musste sie denn mit rotem Kopf einen »Godendag« nach dem andern sagen und sich von Gretjen, Veeken, Trina und Sill versteckt nach der Hochzeit fragen lassen. Was in der Woche schusterte, schlachtete, schneiderte und die Haare schnitt, das machte Sonntags Musik im Saal, und was in der Woche fischte, pflügte, melkte und schruppte, das tanzte zu dieser lauten Musik, und mitten im Gedränge und Gejuche drehte sie sich mit ihrem Harm, der den ganzen Abend nur mit ihr tanzte und die anderen Mädchen gar nicht sah. Wenn dann der letzte Tanz aus war, der Rutsmieter, gingen sie Arm in Arm den Deich entlang, den stillen Mond über sich und die Elbe mit den hellen Lichtaugen zur Seite und fanden der Küsse und des Weges kein Ende, bevor die Hähne an zu krähen fingen. Wenn sie sich dann in ihrer Bodenkammer auszog, klang der Lärm der Winschen auf den Kuttern, die fahren wollten, in ihre Träume hinein. Das hörte sie so gern, dass sie das Fenster offen ließ und der kalten Morgenluft nicht achtete ...

Gesine schüttelte den Kopf.

Vor zehn Jahren ist das gewesen – so lange geht sie nun schon blind durch das Leben, und so lange ist Harm jetzt schon auf See geblieben! Und doch ist alles noch ein Gestern für sie, doch ist ihr noch kein Augenblick von diesen schönen Tagen verloren gegangen, doch hat sich noch keine von den Stimmen dämpfen lassen und kein Blatt ist welk geworden!

Einmal hat Harm sie im St. Georger Krankenhause besucht, als sie alle Dinge noch wie im Dämmerlicht sehen konnte, hat mit ihr gesprochen und hat ihre Hände gedrückt, als wollte er sie nicht wieder loslassen. Er fische jetzt Zungen, sagte er, und die Reisen wären jetzt, im späten Sommer, länger als sonst: aber wenn ihm keine Stillen oder Stürme in die Quer kämen, sei er in zwei Wochen wieder da und wolle sie wieder besuchen, wenn sie dann nicht schon wieder am Deich sei und ihn aufkommen sehen könne.

Dann hatte die Krankheit ihre Augen gänzlich ausgelöscht, und wie die Sonne hatte sie auch ihren Harm nicht wieder gesehen. Auch seine Hände fasste sie nicht wieder. Der Schmerz um das verlorene Augenlicht brachte ihr ein schweres Fieber, von dem sie erst ganz allmählich genas. Sie fragte nach Harm, aber es hieß, er sei noch nicht da, der böse Ostwind ließe ihn nicht die Elbe herauf, er führe nach der Weser oder nach Esbjerg, oder sie sagten, er sei gleich wieder gefahren, habe der Tide wegen keine Zeit mehr gehabt! Sie verstand das alles nicht und fragte immer wieder, härmte sich Tag und Nacht um ihn und horchte immer auf seinen Schritt! In ihren Träumen aber schrie sie nach ihm. Sie konnte nicht genesen, – deshalb sagte die Mutter ihr zuletzt, dass Harm nicht wiederkommen könnte, weil er *geblieben* wäre. Ein starker Sturm hätte ihn mit seinem Kutter in die Tiefe gedrückt. Das Seeamt hätte ihn auch schon für verschollen erklärt.

Ihre Antwort war kein Aufschrei – war ein heißes Gebet zu Gott, dass er ihr ihren Harm gelassen hatte, dass er ihr nicht untreu geworden war, dass er sie nicht verlassen und vergessen hatte. Rein und treu war er in den Tod gegangen – heiß bat sie ihm alle Gedanken ab, die andere Wege gegangen waren, und was die Unruhe nicht gekonnt hatte, das trat jetzt ein: sie genas, sie lebte wieder auf, nun sie ihren Bräutigam wiedergefunden hatte. Sie war die Braut des treuen Verschollenen, den sie nun in ihrem Herzen zu einem Heiligen, zu einem Gott machte. Ihr ganzes Leben wurde nun zu einem einzigen Gedanken an Harm. Immer sah sie ihn, die von der Welt nichts mehr sehen konnte. Sie sprach nur von ihm und fragte alle Menschen, die ihn gekannt hatten, nach seinem Leben, um immer wieder und immer mehr von ihm zu hören. Die Mutter schalt oft und hieß sie vergessen: aber Gesine lächelte nur und sprach stets wieder von ihrem schönen, jungen Bräutigam, der bis in den Tod getreu gewesen war, von ihrem Harm.

Jung und schön ist Gesine dabei geblieben, als sei der Zeit keine Macht über sie gegeben. Eine heilige, keusche Schönheit spricht aus dem feinen Gesicht mit den geschlossenen Lidern, auf dem der Friede Gottes liegt.

Manchmal, an stillen Tagen, wenn Gesine vor der Tür sitzt und auf Schritte und Stimmen horcht, kommt mit einem Male eine wunderliche Unruhe über sie, dass sie sich aufrichten und vorbeugen kann. Sie steht und horcht und wendet sich, wenn die Schritte verklingen, als müsse sie dem Vorübergegangenen nachgehen. Lange steht sie mitunter so, dann setzt sie sich wieder auf ihren Stuhl, schüttelt den Kopf und sagt versonnen: »Mi wür dat eben, as wenn Harm vörbigohn dä – ober de is jo lang bleben ... mien gode Harm ...«

Gesines Mutter, die schwarzgekleidete Frau mit den strengen Zügen, erwidert dann nichts, aber sie blickt dem vorbeigeschrittenen Seefischer starr und feindselig nach. Denn *Harm Danker* ist es! Harm Danker ist nicht tot! Harm Danker lebt, wenn sie auch von ihm als von dem »Gebliebenen« sprechen, er atmet und segelt, er lebt und fischt! Nicht zwischen Sand und Felsen auf dem Meeresgrunde liegt sein Kutter, sondern dwars von der Nienstedtener Kirche ankert er und spiegelt seinen Bug ebenso geruhig im Wasser wie vordem auf dem Köhlfleet! Harm Danker lebt, und Gesines Mutter sieht ihm finster nach, bis er um die Ecke gebogen ist. Dann erst verschwindet die tiefe Falte von ihrer Stirn.

* * *

Als Harm damals nach vier Wochen wieder im Köhlfleet lag, hatten sie ihm allemann und allefrau von der gänzlichen Erblindung und von dem schweren Fieber Gesines erzählt. Es sei keine Hoffnung, dass ihre Augen wieder gut würden, hätten die Ärzte gesagt. Gesines Mutter selbst warnte ihn, zu der Kranken zu gehen, weil sie glaubte, dass die Aufregung ihr schaden könnte.

Tief atmet Harm Danker auf. Er kann es jetzt nicht mehr begreifen, warum er damals nicht sofort zu ihr lief, warum er sich auf Grübeleien einließ und auf die alten Weiber hörte, die ihm sagten, dass er als Fischermann keine blinde Frau gebrauchen könne und dass er Gesine und sich nicht unglücklich machen dürfe. Er kann es nicht mehr begreifen! Wohl konnte er als Fischermann keine blinde Frau gebrauchen: aber wie war es möglich gewesen, die Liebe in seinem

Herzen so unterzukriegen, wieder zu fahren, ohne Gesine gesehen zu haben, wie war es möglich, sie so zu vergessen, dass er Anna Setten freien konnte! Wie war es möglich gewesen! Was für schwere Träume hatten auf ihm gelegen und ihn überwältigt!

Erst als er mit dem Segelmacher über eine neue Besan ins Gespräch kommt, wird der große Seefischer Herr über diese schweren, sonderbaren Gedanken, die ihn wieder wie ein Sturm in der Nordsee überfallen haben.

Harm Danker wohnt jetzt auf dem Neß. Er konnte nicht mehr in der Nähe der Blinden leben und ist deshalb nach dem andern Ende des Eilandes gezogen. In harter Austernfischerei, in drängendem Schollenkurren, in mühsamer Zungenfahrt hat er sich Haus und Hof und ein Stück Deiches aus der See geholt. Drei Jungen wachsen ihm heran und werden ihm tüchtige Knechte und Köche, wenn sie aus der Schule kommen. Anna ist eine rechte Fischerfrau, die spinnen und winnen kann und deren Fenster blinken, der niemals ein Haar um die Zähne hängt. Harm Danker gilt in der Flotte wie nur einer der Fahrensleute. Er sitzt schon seit Jahren im Vorstand des Seefischer-Vereins und führt das große Wort an Bord so gut wie an Land. Aber so laut sein Wort ist: irgendwo muss er schweigen! So stark er auftritt: irgendwo muss er schleichen! So gerade sein Weg: irgendwo muss er einen Bogen machen. Irgendwo: vor den Ohren und vor dem Hause der blinden Deern auf der Müggenburg.

Und das liegt auf dem sturen, sturmgewohnten Mann wie der Nebel auf der Elbe! Mehrmals hat er schon mit Gesines Mutter gesprochen – sie soll der Blinden sagen, dass er lebt, er will es, dass sie es weiß, er will nicht als Toter angebetet sein, will und will es nicht, aber die Mutter hat ihn schroff abgewiesen. Unerbittlich und unzugänglich bleibt sie. Niemals soll ihre Tochter das erfahren, sagt sie, niemals soll sie diesen Schmerz fühlen, das Erwachen aus ihrem Traum würde ihr den Tod bringen.

Für die Leute und ihre Alltagsaugen geht Harm Danker stolz und unerschütterlich seinen Weg. Auch Anna weiß nichts von seiner Seele. Aber die gewaltigen Winterstürme, die die Wikingbank und die Austerngründe aufwühlen, dass die Kutter vor Sturmankern treiben müssen, die Gewitternächte hinter Helgoland, die den Heben in Feuer und

Flammen setzen, die Windwochen hinter den Dünen von Norderney und Spiekeroog, die stillen, warmen Sommernächte auf der See, in denen ein einsamer Mensch im Schatten der schwarzen Segel am Ruder steht und nach den Sternen hinaufblickt, die wissen, wie gewaltig sich die Liebe zu der schönen Blinden in Harm Dankers Herz aufgereckt hat, wie sie alles verdrängen will, was es außer ihr auf der Welt gibt, die Freude an Weib und Kind, am Wasser und an der Fischerei! Die Tage und Nächte auf See wissen darum und sonst niemand als der Eine, der die Sehenden blind und die Blinden sehend machen kann.

* * *

Am Deich aber bekränzt das schöne, blinde Mädchen das Bild des »Gebliebenen« mit Blumen ihres Gartens und spricht alle Tage wie im Traum mit ihm.

»Lieken-Kassen«

Man good! Ein wahres Glück, dass Beeken Schulten nicht selbst des bösen Blickes mächtig war, den sie im Gespräch mehreren alten Frauen des Dorfes anhängte, denn sonst hätte sich Karsten unter den Augen, die sie flagenweise auf ihn warf, sicherlich eine böse Krankheit aufsacken können.

Der Altenteiler bekümmerte sich aber herzlich wenig um sein Ehegesponst. Er lag gemächlich auf der weich mit Wollkissen belegten Bank, hatte die Beine wie zwei Scheunengiebel aufgerichtet, deren Firste seine Knie bildeten, und belüsterte die gemeinen Stubenfliegen unter der geweißten Decke in ihren Lebensgewohnheiten wie ein rechter Naturforscher.

Als Beeken das bemerkte, wurde sie noch ärgerlicher und warf die geschälten Kartoffeln mit solcher Wucht in den neben ihr stehenden Eimer, dass das Wasser über die ganze Dönß spritzte. Auch stach sie den Kartoffeln die Augen so scharf und tief aus wie nie zuvor, in der Hoffnung, Karsten möchte es fühlen. Denn sie war im höchsten Grade unzufrieden mit ihm, weil er niemals aus der Kate zu bringen war, wenn einer beerdigt wurde. Jedesmal drückte er sich – und wenn's sein bester Nachbar war. Am Deich und in den Lannen sprachen sie schon davon: das wusste sie. Es war »rein wat to dull mit em«. Auch diesen Nachmittag spielte er Wruck, obgleich Hein Feldmann begraben werden sollte, ein Bauer vom Landscheideweg, gut bekannt und sogar noch ein bisschen Freund. Als gestern die Totenfrau »angesagt« hatte, war Karsten es gewesen, der erwidert hatte, dass er mit auf den Kirchhof müsse: nun gingen die Weiser der nahen Turmuhr rüstig auf drei, der Küster stand am Schalloch unter der Glocke und blickte den Kirchenweg entlang, um sofort mit dem Läuten anzufangen, wenn der erste schwarze Rock sich zeigen sollte – und Karsten steckte immer noch in seinem Alltagszeug und lag auf der Bank, wie ein türkischer

Pascha auf der Ottomane, statt im Abendmahlsrock, mit dem Spint auf dem Kopfe am Fenster zu stehen und auf den Leichenwagen zu warten.

»Sünd doch afsünnerliche Dinger, düsse Fleegen, Moder. Ik belüster jem all een goode Stunn, ober meenst du, wat ik dor leeg ut warr? Nee, Moder!«

Karsten sagte es langsam, aus der geruhigen Tiefe seines guten Gewissens heraus, ohne zu bedenken, dass er damit das Streichholz unter das trockene Strohdach hielt.

»Mit dat Fleegengedriew giffst du di af?« legte Beeken haushoch los. »De Klock is dree un de Liek kann jeden Ogenblick üm de Huk kieken und du hest di noch nich wuschen und noch nich kämmt un nich hier und nich wir! Schomst di nich, du Fleegenjakob! Gliek geihst no de Deel rut und treckst di an!«

»Ik bliew leber liggen, Moder«, versetzte er sorglos. »Wenn de Klock all dree is, denn is' t doch jo all to lot.« Und er legte sich das Kopfkissen wieder etwas bequemer zurecht.

Es sei noch nicht ganz drei: er könne immer noch fertig werden, wenn er nur wollte.

»Nee, Moder, lot man. Ik hebb ok all keen Lust mehr«, erwiderte er und faltete die Hände über der Brust. »Lot mi man bi di blieben. Bi di is't op best, Moder.«

Aber davon wollte sie nichts wissen. Dieser Schmeichelei blieb sie taub, dafür aber entlud sich ihr Groll in einer langen Predigt, die wie eine Gewitterflage über Karsten hereinbrach. Das sage er jedesmal, wenn er zur Beerdigung solle, nicht ein einziges Mal sei er mitzukriegen, jedesmal wüsste er sich anders auszureden. Einmal sei ihm das Wetter nicht zupass …

»Ja, Moder, to as Hein-Broder wegkam, wat hett dat ok doch sneet, den ganzen Dag! Dor harr ik mi 'n scheunen Snööf bi upsackt. Un as Korl-Discher beerdigt wörd, to brenn de Sünn as nix godes! Do harr ik licht 'n Sünnenstich bi kriegen kunnt, Moder.«

Gegen diese beiden Leichen wollte sie denn auch noch gar nicht mal was sagen, begann sie wieder, obgleich alle anderen Mannsleute mitgewesen seien, ohne Schnupfen und Sonnenstich zu bekommen. Aber wann er denn woll bloß mal mitgewesen wäre?

»Süll ik mit den olen Jan-Jipper, den olen Slechtmoker, Moder, un dat mit ansehn, wat uns gode Pastur den swatten Dübel witte Engelflüngken anbacken dä? Nee, Moder, dat geiht gegen mien Notur.«

Aber Beeken hatte noch zwischen fünfzig und hundert Lieken im Kopfe, gute, treuherzige Nachbarn, die sich bei gutem Wetter – dreug un scheun to lopen! – hatten beerdigen lassen, ohne dass Karsten mitgegangen wäre und zählte sie ihm nun der Reihe nach auf.

Karsten lag nun ruhig da, aber dass seine Daumen einander jagten, bewies doch, dass er nachdenklich geworden war.

»Moder, ik mag mit de Lieken nix to dohn hebben. Dor ward so veel bi schreet. Un dat veele swarte Tuch mag ik nich sehn. Lass die Toten ihre Toten begraben, steiht all in der Bibel.«

»Mein Gott nochmal«, sagte sie und hub an, ihm das Gute und Schöne einer Beerdigung zu schildern. Ja, im Gange der Rede vermaß sie sich sogar, zu erklären, dass eine schöne Liek das beste auf der Welt wäre. Was gäbe es wohl besseres, als einen guten Freund ein Stück Weges zu bringen oder am Grabe ein tröstliches Wort vom Pastoren zu vernehmen. Wie es wohl aussehen würde, wenn sie alle so dächten wie er, und der arme Tote seinen Weg allein gehen müsste.

»Dat is em eendohnt, Moder, he ward dor nix mehr von wies.«

Aber die Angehörigen würden es gewahr und für die sei eine kleine Liek das schwerste auf der Welt. Beeken fing nun wirklich an zu weinen und fuhr mit der blauen Schürze heftig über die Augen. Der ganze Deich wüsste es schon, dass er niemals mitginge, und es sei gewiss, dass auch keiner mit ihm ginge, wenn er gestorben wäre.

»Mit mi brukt ok keeneen, Moder.«

So? Und wie sie dann dasäße, wenn die Leute darüber sprächen und sie bedauerten, dass niemand mitgewesen sei! Ob es ihm recht sei, dass sie das alles anhören müsse? – Das Weinen konnte er nicht vertragen, – er legte deshalb die Scheunengiebel nieder und setzte sich aufrecht hin.

»Is dat wohr, Moder? Snakt se dor all öber?«

Gewiss täten sie das. Den ganzen Deich entlang. Er bekäme eine schlechte Liek, das könne sie ihm schriftlich geben. »Moder? … Moder? … Moder? … «

»Wat?«

»Sull dat woll noch anners wardn können, wenn ik nu jümmer mit no'n Liek goh?«

»Gewiss, Voder, wenn du glick anfangst.«

»Moder, weest du wat? Ik will dor nu mol anto – und will mol sehn, wat ik nich noch een groote Liek, een scheune Liek tohoopbeerdigen kann! Ik bün doch anners keen slechten Kerl wesen, wat Moder? Un wenn ik mi von nu af an bi de Lieken een beeten wies, denn krieg ik woll noch welk op den Dutt.«

Das sage er so, – aber er meine es nicht so, er mache nur Spaß. So die Moder.

»Wat, Spoß? Eernst, Moder, Eernst, segg ik di. Wat is de Klock? Noch vör dree! Is de Liekenwogen all to sehn? Nee! Woneem is mien Tüch, mien Hot? Ik will glick mit mienen olen Hein Feldmann no den Karkhoff hin.«

Da ließ Beeken das Weinen samt dem Kartoffelschälen sein, suchte seine guten Sachen her und half ihm beim Umziehen unter mancherlei guten Ratschlägen, wo er sich während der Rede aufstellen solle, wann er seinen Hut abnehmen müsse, und was sonst noch dazu gehörte.

Und als die Totenglocken über die Baumkronen und Ährenfelder gingen, langsam, zitterig und ernst, und der kleine, schwarze Zug zwischen dem gelben Roggen erschien, da ging Karsten Schult mit den gewichtigen Schritten, wie er sie sich beim Pflügen, noch mehr aber beim Säen angewöhnt hatte, unbekümmert um die erstaunten Blicke des Gefolges, würdevollen Gesichtes die Wurt hinab, wies den Hund, der ihm nachlief, mit einem missbilligenden Blick zurück und schloss sich der letzten Reihe an. Beeken stand hinter dem blühenden Schuhbaum und sah ihm zufrieden nach. So war es gut.

Etwas müde vom Gehen, aber munter und lebendig, kam Karsten nach einer Stunde vom Kirchhof zurück, hängte den Hut auf, zog den Rock aus und erzählte von der Liek, die ihm weit besser gefallen hatte, als er sich gedacht hatte. Er hatte mit vielen alten Bekannten ein vernünftiges Wort gesprochen, hatte viele Leute erblickt, die er lange nicht gesehen hatte, war von der Rede des Pastors recht erbaut worden, und auch mit dem Gesang der Kirchenjungen war er soweit zufrieden. Er wolle nun so dabei bleiben, schloss er. Und einen hätte er schon: Jan Külper hätte zu ihm gesagt: »Kassen, wenn du starwst und ik bün bi Hus, wat ik nich jüst fischen do, denn goh ik ok mit di. Dat hett he seggt, Moder, eben achter de Krümm hett he dat seggt. Jo!«

Von nun an fehlte der Altenteiler bei keiner Beerdigung, zum gerechten Erstaunen des ganzen Dorfes. Er ging immer mit, auch wenn der Tote ihm weltfremd war. Wenn die Glocken läuteten, stand er ernst und schwarz am Hoftor und trat in Reih und Glied. Mit derselben Zähigkeit, mit der er in jungen Jahren den Deich mitgebaut hatte, ging er jetzt daran, sich eine große Liek zu erwerben.

»Op't Wetter kummt een barg an, Moder«, pflegte er zu berichten. »Bi Regen oder wenn dat dick von Dook is, goht se nich gern mit. Am leefsten hebbt se Sünnenschien. Mütt all so 'n beeten mitlopen, wenn dat een goode Liek wardn schall.«

Beeken nickte zu allem ihr Ja, klopfte und bürstete Rock und Hose fleißig aus und sorgte, dass Karsten von der Ansagefrau nicht übergangen wurde. Karsten aber fuhr fort, die Leute nach dem Kirchhof zu bringen und seine Beobachtungen zu machen.

»Mütt ok de rechte Tied wesen, Moder. Int Freuhjohr, wenn de Buern pleugt un de Fohrenslüd Schullen fangt, kann de beste Minsch von de Welt starben, un he krigt nich för een Schillen mit, Moder.«

Im Geheimen aber – unauffällig und nebenbei – erfragte und erhorchte er die allgemeine und besondere Beteiligung bei seiner eigenen Beerdigung, jedoch so schlau er es nach seiner Meinung auch anfing, und so gleichgültig er tat, die Leute merkten doch bald, wo er hinaus wollte. Und bald bekamen die Stutenfrauen es in die großen Körbe gepackt und trugen es von Haus zu Haus, den ganzen Deich entlang, dass Karsten Schult für seine eigene Beerdigung klarke und immer noch Leute dafür annehme. Und bald hatte er auch seinen Beinamen weg: *Lieken-Kassen.*

Hinnik Stihr, der Führer des Leichenwagens, hielt immer schon einen Augenblick still, oder er fuhr doch etwas langsamer, wenn Lieken-Kassen noch nicht parat stand, und die Träger sagten dann zu einander: »Sinnig, Lieken-Kassen hett sik noch nich wuschen,« ein Wort, das Flügel bekam und noch heutigentags am Deich gebraucht wird. Lieken-Kassen wurde ein volkstümlicher Name und Lieken-Kassen selbst ein volkstümlicher Mann. Die Leute drängten lustig dazu, sich von ihm mit Handschlag und Durchschlagen verpflichten zu lassen, dass sie mit ihm nach dem Kirchhof gingen. Es hieß auch, dass Lieken-Kassen sich ein großes Buch angelegt hätte, in das Beeken (denn er selbst konnte ohne Brille nicht schreiben!) alle Leute eintragen müsse, die sich verpflichtet hätten. So ging das Spiel weiter, bis Karsten die Fischer und Bauern samt und sonders für seine Liek gewonnen hatte. Einige Wunderliche, an denen ihm sowieso nicht viel gelegen hatte, zählte er nicht mit.

»Lieken-Kassen hett sien Hot ut dat Schap kreegen, düsse Nacht mütt een starben«, hieß es bei den Frauen. »Weest du, wat een krank is?« – »De ole Angk.« ... »Denn will de dat woll dropen ...«

Je mehr die Leute sich mit ihm beschäftigten, desto mehr hängten sie ihm an.

»Lieken-Kassen hett sien Rock no den Snieder schickt: düsse Week starwt keen.«

Die dreisten Jungen aber riefen wohl übermütig: »Geef uns een Appel, denn goht wi ok mit di no'n Liek!« – und lachten, wenn er schalt oder den Hund hetzte.

Als Hans Bott, der Elbfischer, starb und begraben werden sollte, war es ein nebliger Tag, nasskalt und ruselig, dass Beeken sich ins Mittel legte und ihn bat, diesmal zu Haus zu bleiben. Aber Lieken-Kassen wollte davon nichts wissen: er hätte so viele Botten zu Buch, dass er ihnen *das* nicht antun könne.

Damit ging er hinaus in all den Regen, obschon ihm die Zähne klapperten. Als der alte Mann dann beim Vaterunser bloßen Hauptes dastand und Regen und Wind mit seinen grauen Haaren spielten, da dauerte es den Pastor, und er betete etwas schneller, als es sonst seine Art war; aber es war dennoch zu viel geworden, denn Lieken-Kassen klagte gleich nachher, als er die Wurt erreicht hatte:

»Moder, de kolen Grösen treckt mi dör. Dat wür doch bannig ruch.«

»Denn man gau op'n Bett«, entschied Beeken und suchte hinter dem Spiegel nach den getrockneten Kamillen und im Eckschrank nach den Hamburger Tropfen.

Aber Kamillentee und die von Karl dem Fünften allergnädigst privilegierte Wunderkronessenz konnten es nicht wieder gutmachen.

Den dritten Tag musste Beeken den Doktor holen lassen und am siebenten auch noch den Pastor.

Mit ihm setzte Karsten die Hauptpunkte seiner Leichenpredigt fest und bedang sich aus, dass seiner Leichengängerei keine Erwähnung getan werden dürfe.

»Wat meenen Se, Herr Pastur, sull dat woll een goode Liek wardn?«

»Gewiss, Karsten Schult, es werden alle mit Ihnen gehen«, tröstete der Pfarrer.

»Dat möt se ok, Herr Pastur. Se hebbt mi dor all de Hand op geben«, sagte Lieken-Kassen nachdrücklich.

Als der Pastor gegangen war, da fragte er Beeken, ob viele Fischerewer da seien, und als er hörte, dass der Weststurm wohl ein Hundert hergejagt hatte, da ließ er die Totenfrau rufen und trug ihr auf, bei allen Fahrensleuten anzusagen, dass er diese oder die andere Nacht sterbe: sie sollten nicht erst fahren, sondern seine Liek abwarten. Beeken schrie auf und jammerte von Sünde, aber Lieken-Kassen lächelte, wie über einen gelungenen Streich, und die gut entlohnte Witfrau richtete ihren Auftrag noch denselben Abend aus.

»Ehr dat se wedder fohrt, Moder«, sagte Karsten leise. »Dat ward de grötste Liek, de dat jichens geben hett.«

»Och, Voder, snack doch nich so.«

»Moder, ik weet, dat dat ut is. Lot jem man nich dösten un nich hungern, Moder, disch jem man düchdig op, dat se all tofreden sünd. Un schree man nich soveel, anners kriegt se nich all jemmer Recht.«

»Och, Voder.«

»Sinnig, Moder, sinnig! Ik hebb dor nu genog an dohn.«

»Lieken-Kassen is dot!« – »Och wat!« – »Jo, jo, würklich, so as he anseggen loten hett, is he ok sterben.« – »Wat kann dat angohn!«

So hieß es am Deich andern Tages, und die Seefischer mussten nun doch zwei Tage mit dem Fahren warten und ihr Wort halten, das sie Karsten bei den Beerdigungen der letzten fünf Jahre gegeben hatten.

Und als zwei Tage um waren, gingen sie alle hinter Lieken-Kassens Sarg und mit ihnen alle Bauern und alle Geschäftsleute. Selbst die paar Wunderlichen gingen aus Neugier mit. Einen solchen Leichenzug, so lang und so dicht, hatte weder der Deich, noch der Kirchenweg jemals gesehen, darüber waren alle einig. Und im Zuge wurden neue Legenden von Lieken-Kassen erzählt.

Es war aber auch ein ausgesucht schönes Wetter, Sonnenschein und Westwind. Die Glocken klangen voller und lauter als je, denn der Küster wusste wohl, für wen er läutete, auch hatte er einen Taler mehr bekommen, als Satz war.

Die Chorjungen sangen auch einen Gesangbuchvers mehr als gewöhnlich. Da mussten die Leute sich wieder wundern. Auch der Pastor machte sich keineswegs leicht davon ab: er sprach recht schön und mit Betonung.

»Dat is würklich een scheune Liek«, sagten die Fahrensleute, als die Glocken wieder erschollen und sie durch das gelbe Korn nach dem Deich zurückgingen.

»Jo, bloß schod, dat Lieken-Kassen dat nich beleewt hett. De harr gewiss ok mit gohn«, sagte Jakob Möller, der lustige, und das Wort lief wie ein heiteres Gelächter durch die Reihen.

* * *

Ja, es war eine schöne »Liek«, und es war wirklich schade, dass Lieken-Kassen sie nicht erlebt hatte.

Er wäre gewiss gern mitgegangen.

Karen

In *einem* Atemzuge schnob der Nordwest von Esbjerg nach Kopenhagen: so klein war Dänemark in dieser Sturmnacht geworden. Nur als die Fackel auf der See erlosch, hart an der jütischen Küste, die zitternde, schwankende Notfackel, als die grauen Segel jäh aufs Wasser schlugen, da ward es urplötzlich stiller, und es schien, als müsse der Wind sich besinnen. Wo eben noch der gewaltige, wilde Nordlandswolf geheult hatte und umhergesprungen war, lag eine riesenhafte, graue Katze auf der Lauer.

Fünf weiße Häuschen, die in der Dünenmulde standen, waren die Mäuse, die sie nicht aus den Augen ließ. Und kaum dass einer zehn zählen konnte, richtete sie sich pfauchend und zischend auf. Der aufgewühlte Dünensand hagelte schwer gegen die Fensterläden. Lange, wehe Klagetöne hallten um Dächer und Giebel. Die See aber schrie noch zorniger gegen die Wolken, hob die weißen Häupter noch höher und rollte noch wilder über den Strand.

Es war Flut geworden.

Das kleine gelbe Nachtlicht wurde unruhig.

Ein großes, starkes Mädchen stand neben dem Tisch und band sich die Flechten auf. Eine Weile guckte sie fragend in den Spiegel und dachte: bist bald alt geworden, Karen! – dann suchte sie Rock und Jacke und zog sich dick und warm an. Sie band ein schwarzes Wolltuch um den Kopf und zog Handschuhe an.

Das Gekeuch des Windes und das Gebrüll der See hatten sie geweckt.

»Karen!«

Niels streckte sein bärtiges Gesicht aus den roten Kissen und richtete sich halb auf. Verschlafen sah er sie an.

»Flut.«

Sie hatte sich eine Tasse Kaffee eingegossen und trank langsam.

Er brummte etwas Undeutliches, dann stieß er den neben ihm schnarchenden Jens an und rüttelte ihn wach.

»Flut, Jens. Steh auf, Jens. Mach dich klar, Jens.«

Aber Jens schalt und knurrte. »Lasst mich schlafen. Morgen – nachher – gleich – ja, ja.«

»Dann haben die andern den Strand rein«, brummte Niels, aber Jens schnarchte und war nicht wieder zu ermuntern.

»Allein geh' ich auch nicht los«, sagte Niels und legte sich die Kissen zurecht. Es war unter der Decke doch wärmer als draußen.

»Leg dich auch wieder hin. Schlaf noch 'ne Stunde oder zwei ... meinetwegen ... zwei ...« Aber Karen schüttelte den Kopf und ging hinaus.

»Wenn was da ist, holst uns«, rief Niels ihr nach und hörte noch im halben Traum, wie die Tür klappte und der Wind aufheulte. Zugleich fühlte er, wie die Kälte hereinschlug, und er zog ohne Bedenken die Beine etwas höher und steckte den Kopf tiefer unter die Decke. Dann flog die Tür zu, und es wurde stiller. Das Mädchen tastete vornübergebeugt über die Dünen nach dem Strand. Der Wind war so stark und so kalt, dass er ihr fast den Atem benahm, und sie sich dann und wann umdrehen musste. Wie scharfer Schnee schlug der Sand ihr ins Gesicht. Erst als sie den Strand erreicht hatte, wurde es besser.

Es war tiefdunkel. Kein Licht. Und die See war nicht weit zu sehen. Nur fünfzig Faden weit leuchteten die weißen Köpfe. Ein Brausen und Keuchen und Zischen und Brodeln war die Luft, war die See. Das Wasser stieg rasch: der weiße Schaumstreifen wurde von jeder See höher an den Strand gespült.

An diesem Strich entlang ging Karen und bückte sich, wenn sie etwas Dunkles gewahr wurde. Dann stieß sie es mit den Füßen an, zu erfahren, was es sei. Alles Holz las sie auf und steckte es in einen Sack, den sie unter dem Arm trug. Tang und Muscheln lagen viel da – weiter auch fast nichts.

Als es Morgen werden wollte, hatte sie immer noch keine Tracht.

Hinter den Dünen erschien ein grauer Streifen, der höher und höher gekrochen kam.

Der Sturm raste noch mit voller Kraft. Drohender und gewaltiger schüttelte die See ihre Stierhäupter.

Kein Holz, kein Schiff, kein Wrack, kein Notschuss, kein Feuer – nur schwarzes Wasser und weißer Schaum.

Sie blieb stehen ... Da trieb etwas ... etwas Dunkles, Undeutliches, Unförmiges ... es kam näher. Aus Gewohnheit hielt sie die Hand über die Augen, wie sie an hellen Tagen oft getan hatte, wenn Sonnenschein um Dach und Dünen brannte und die Luft flimmerte.

Es konnte ein Schiff sein, ein Kahn oder ein Boot.

Das Seeräuberblut regte sich in ihr, ungeduldig lief sie am Strand auf und ab. Ihre scharfen Augen unterschieden schon, ein Boot war es, voll Wasser geschlagen, eben, dass es trieb und ausguckte. Nur wenn eine große See es auf den breiten Rücken nahm und dann zurücklief, ragte es höher auf. Langsam schoben die Seen es näher heran, und endlich saß es am Sand als Strandgut.

Erst wollte Karen zurücklaufen und den Vater Niels, den Bruder Jens rufen. Aber sie besann sich anders und tat es nicht. So ging es nicht: Die Nachbarsleute konnten unterwegs sein, fanden es und hatten es. Sie überlegte, was sie machen sollte, dann zog sie eilig ihre Schuhe aus und streifte die Strümpfe ab. Ihr schauderte vor Kälte. Aber was half das? Sie schürzte den Rock auf und watete mit zusammengebissenen Zähnen in das eiskalte Wasser.

Den Steven hatte sie erfasst und schwang sich auf den Bordrand. Tastend suchte sie nach der Fangleine, um das Boot aufs Trockene zu ziehen, da stürzte eine riesengroße See heran und schäumte über das Fahrzeug hinweg. Sie war durchnässt. Fast hätte sie das Gleichgewicht verloren, aber sie hielt sich im letzten Augenblick krampfhaft an der Ducht fest.

Die See hatte es gut gemeint; als sie zurücklief, saß das Boot hoch auf dem Strand. Wegtreiben konnte es nun fürs erste nicht mehr. Wenn sie noch den Anker aufs Land brachte, war das Strandrecht gewahrt, und sie konnte Hilfe holen.

Sie wollte es.

Es war so bitterkalt. So kalte Hände hatte sie.

Sie schauderte vor sich selbst. Wie Totenhände waren sie, wie *fremde* Hände. Plötzlich fühlte sie eine andere Hand, ... ein Fremder war bei ihr im Boot ... ein Toter ... Als gehöre es sich so, fühlte sie die Haare, die Nase, den Mund, ... als wenn sie träume ...

Wollte es denn nicht Tag werden?

Über den Dünen wurde es doch schon hell ...

Sie drehte sich wieder um und suchte nach der fremden Hand. Dann zog sie den Toten halb aus dem Wasser und legte ihn mit dem Rücken auf die Ducht.

Der stille Mann war schwer. Er steckte in Ölzeug. Der Südwester hatte sich in den Nacken geschoben. Die Augen waren weit geöffnet und das Gesicht schneeweiß. Die Lippen waren fest geschlossen.

»Jung«, dachte sie, als sie keinen Bart sah.

Um die Hüften war das Bootstau geknotet – so waren Boot und Mann zusammengeblieben.

»Wer bist du?« murmelte Karen und beugte sich tiefer über ihn, um seine Züge zu erkennen, aber der Tag war noch zu grau.

Wieder schlug eine große See klatschend über den Setzbord.

Da ließ sie die Hände los und löste das Tau. Auf ihren starken Armen trug sie den Toten durch das Wasser und bettete ihn auf das Dünengras. Leise und scheu strich sie ihm das Haar aus dem Gesicht und schaute verwundert in die hellblauen Augen. Verwundert ... einen kurzen Augenblick.

Dann stand sie auf und machte sich wieder mit dem Boot zu schaffen, über das die See fortwährend schäumte. Sie zog es etwas höher, dann entdeckte sie eine Pütz unter den Duchten und machte sich daran, das Wasser auszuschöpfen. Wenn auch die Seen immer wieder hereinschlugen, und sie bei dem Winde kaum auf der Ducht stehen konnte, es glückte ihr doch, und als das Boot erst Luft hatte, kam es von selbst höher aus dem Wasser. Bald hatte sie es soweit leer, dass sie auf den Lohnen stehen konnte.

Das Boot war fast neu. Sie beugte sich über den Achtersteven: »Gesine von Hamburg« stand da. Von Hamburg, von Deutschland, dachte sie und sah nach dem Toten hinüber.

Es war Tag geworden – sie gewahrte es und hielt inne. Dann sprang sie hinaus und zog das leere Boot so hoch auf den Strand, wie sie konnte, band das Tau um einen herangeschleppten Felsen und lief die Dünen hinan. Der Wind wehte sie hinauf.

Oben auf der Höhe kam es über sie, als habe sie etwas vergessen; sie musste sich umdrehen und nach dem Toten gucken.

So sonderbar war ihr zumute. Erst hatte sie sich gefreut, Vater und Bruder den Fund zu melden; nun war sie beklommen, war es ihr nicht mehr recht, was sie tat.

Sie sah von oben mit einemmal auf ihr Leben hinab, auf ihr graues, stumpfes Leben. Ein Tag war wie der andere gewesen. Und die Gesichter immer dieselben. Eine Arbeit, ein Schelten und ein Gespräch. Immer das Alte, keinen Tag etwas Neues. Fünf Häuser waren es, und fünf Häuser blieben es. Und auf den Dünen wuchsen ewig keine Blumen. So war es immer gewesen, und sie hatte es nicht gewusst: nun aber kam es über sie. Draußen auf der See, ganz weit hinten, dass sie eben noch zu sehen waren, gingen mitunter Schiffe vorbei: Segelschiffe und Dampfer. Die Segel erschienen so weiß und rein, und der Rauch stieg steil in die Luft. Da war die Welt, da fing sie an: da sangen und lachten die Menschen und trugen schöne Kleider. Wie oft hatte sie als Kind barfuß auf dem Sand gestanden und gewartet, dass ein Schiff, ein einziges nur, heransegele und sie abhole. Aber alle zogen vorbei und kamen ihr aus den Augen. Einer musste kommen, einer, der anders war, als die sie kannte, der lachen und singen konnte, der sich freute und sie bei der Hand nahm, der ihr erzählte und sie fragte. Der hatte immer kommen sollen und war nicht gekommen.

Sie schauderte, ... da hinten lag einer mit hellblauen Augen, ... ob er es war, der zu ihr gewollt hatte?

Sie wollte nicht – und trat doch ins Haus.

»Vater! Jens!«

Der buschige Schopf wurde zuerst sichtbar.

»Was ist los?«

»Ein Toter, Vater.«

»Weiter nichts?«

Niels wollte sich schon wieder umdrehen.

»Ein Boot auch.«

»Ein Boot auch.«

Das half. Niels richtete sich auf.

»Ein Boot?«

Er stieß Jens heftig an.

»Ein Boot, Jens! Aufstehn!«

Das ließ sich selbst Jens nicht zweimal sagen.

Niels stand schon in der blauen Unterhose da und suchte nach seiner seemännischen Ausrüstung. Zwischendurch fragte er in einem fort:

»Wo ist es? ... Neu? ... Treibt es noch? ... Oder sitzt es schon auf Land? ... Was steht dran? ... Und der Tote? ... Was für Zeug?« ...

Jens war auch bald reisefertig, und alle drei wateten durch den Sand. Niels war guter Laune und erzählte von Schiffen und Gütern, die in früheren Jahren angetrieben waren. Dass der Sturm ihm fast den Mund verschloss, störte ihn nicht.

Karen wies mit der Hand.

»Seht! Da!«

Karen war stehen geblieben.

»Vater!«

Niels drehte sich um.

»Was willst du?«

»Dem Toten müsst ihr seine Ruhe lassen. Den dürft ihr nicht anfassen. Versprecht mir das!«

Jens lachte höhnisch.

»Dumme Deern! Wenn das Zeug mir passt, zieh ich's an. Der braucht nichts mehr.«

Niels hustete.

»Und wenn wir ihn melden, müssen wir ihn beerdigen lassen, und vom Boot bleibt nichts nach. Wir begraben ihn in den Dünen und damit gut.«

Jens schüttelte den Kopf.

»Seemannsgrab, Vater, Seemannsgrab. Das wünscht sich jeder Matrose.«

»Das tut ihr nicht! Das nicht! Versprecht mir das!« flehte das Mädchen. »Das dürft ihr nicht. Hört ihr?«

»Mach doch nicht so'n Lärm um den toten Mann,« knurrte Niels. »Freu dich, dass wir 'n Boot haben.«

»Dann geh ich nicht mehr mit«, drohte Karen.

»Geh meinetwegen nach Haus und koch Kaffee,« sagte Jens gleichmütig. »Wir können's allein.«

Karen begann mit großen Schritten zum Strand zu laufen.

»Willst du hierbleiben!« rief Niels, aber Jens sagte trocken:

»Lass sie laufen!«

»Was hat sie mit einemmal?«
»Mag der Deubel wissen. – Das Boot sieht gut aus.«
»Das können wir brauchen.«
»Nanu? Ist sie verrückt geworden?«
»Lauf, Jens, und halte sie auf.«
»Karen! Karen!«

Die beiden fingen an zu laufen, aber bei dem schweren Wind kamen sie in dem tiefen Sand mit den großen Seestiefeln nur langsam vorwärts.

Als sie am Strand ankamen, war das Boot schon ein gutes Stück vom Lande.

Karen stand auf der Ducht und schob mit dem Haken ab. Schwer haute der Steven in die Seen, und das Fahrzeug dümpelte gewaltig hin und her, aber das starke Mädchen zwang es.

»Karen! Karen!«
»Dumme Deern, komm her.«

Aber der Sturm verschlang jedes Wort, und Karen sah sie gar nicht; ihre Augen waren bei dem Matrosen, der still und friedlich auf den Lohnen lag.

Als sie weit genug war, kniete sie neben ihm nieder und fasste seine kalten Hände.

Und setzte sich so, dass die blauen Augen sie ansahen.

»Ich bring dich heim. Nach Esbjerg und nach Haus,« flüsterte sie und strich mit der Hand weich über seine Stirn.

Sie sah die fürchterliche Flage nicht herankommen und gewahrte die riesige See nicht, die das Boot wie einen Käfer auf den Rücken warf …

Niels und Jens sahen es mit an.

Es war ein stürmischer Novembertag …

»Wedder een bleben.«

Der kleine, hellhaarige Junge, der in der halbdunkeln Koje saß und sich bemühte, das Gleichgewicht zu halten, was bei dem Rollen und Stampfen, bei dem starken Dümpeln und gewaltigen Überholen des Fahrzeuges nicht leicht war, hatte das Herz voll von Angst und Furcht vor dem Sturm, der die Nordsee pflügte, als wäre sie seit den Tagen der Wikinger nicht gerodet worden. Kord stand noch zu dicht bei seiner Mutter und dem letzten Kirchenjahr, um nicht an Gott und Gebet zu denken, – aber in der Bangheit des Augenblicks konnte er keine Worte finden. Es fiel ihm nichts ein als ein Satz aus seinem Lesebuch: »Ach, wär ich geblieben, wo ich gewesen, bescheiden und klein im mehligen Körnlein!« So wimmerte das Hälmchen, als es den kalten Märzschnee zu kosten bekam, – und so klagte nun mit bebendem Munde der Schiffsjunge.

Er war von dem Schiffer heruntergeschickt worden, damit er etwas esse; aber er hatte kein Verlangen nach dem harten Schwarzbrot. Nur durstig war er von dem salzigen Wasser, das ihm ins Gesicht gespritzt war, und er tat einen langen Zug aus der blauen Kaffeekanne. Gleich darauf wäre er umgeschossen, wenn er sich nicht an der Kojentür festgehalten hätte: so schief warf sich das Schiff. Das Ölzeug troff wie eine lecke Dachrinne, und als er daran hinabguckte, lief es doch wie ein Lachen über sein Gesicht, und er freute sich seiner in fünf Reisen allmählich erworbenen Seefestigkeit, brauchte er doch nicht mehr halbtot beim Ofen und auf den Luken zu liegen, wenn die See unruhig wurde; aber über dieses kleine Freudeküken fiel im nächsten Augenblick schon der brüllende Sturm wie ein Habicht her und fraß es. Schwankend tastete der Junge sich die Treppe hinauf, schob die Kapp ein wenig auf und kroch an Deck, in den scharfen Wind und den fliegenden Schaum hinein.

Hundert Seemeilen voraus kein Land …

Wie von Berserkerwut erfasst, schlug der schwere, schöne Kutter sich mit der schwer und machtvoll waltenden See herum. Wie mit Hörnern stieß er den Wogen entgegen, drückte die kleinen unter sich, warf die mittleren zornig und klatschend zur Seite und nahm die großen, hohen, weißköpfigen über, zerhieb sie mit dem scharfen Stevenschwert und streute ihre Schaumkämme über Deck und Wanten hinweg in den Wind. So schüttelt der Eber die geifernden Hunde ab, so stürmt ein junger Feuerkopf in das dichte Gewühl der Schlacht, stößt den Tross beiseite, bahnt sich einen Weg zu dem König und reißt ihm die Krone vom Haupte.

Tief drückte die Last der windgestrafften, leckenden, dunkelbraunen Segel den Riesenvogel nieder, der den Sturmflug wagte; zum Zerspringen spannten sich Mastbänder und Schoten. Mitunter schrie die Gaffel von der Höhe des Mastes ihre Not schrill über See, oder die Schoten gaben ihren Zorn durch wildes Schlagen und Zerren kund.

Und dann – im Atemholen des Windes – richtete das Fahrzeug sich manchmal urplötzlich steil und hoch auf wie ein Sieger und sah stolz und herrisch über die graue See und in die grauen Wolken hinein. Das sah schön aus … Im nächsten Augenblick aber duckte es sich wieder wie ein Indianer, steckte den Kopf in das gurgelnde, überkochende Wasser und verbiss sich mit den Wölfen der Dünung.

Stand es schlimm?

Wie sollte es schlimm stehen? Flatterte nicht von der Besan noch die deutsche Flagge, stand nicht am Ruder ruhig und aufmerksam der junge Schiffer, hielt nicht der Bestmann unbeirrt seinen Platz fest? Und mochte es von weitem scheinen, als klammerten sie sich wie Katzen an, so waren sie dabei immer noch Herren des Schiffes und des Windes, so toll es auch im Küsel ging.

Mit doppelten Strohtauen hatte der Schiffer das Ruder in der Gewalt, und er achtete wenig auf den bebenden Gesellen von Kompass, desto mehr aber auf die Segel, die sich über ihm blähten und wölbten, als gehöre ihnen das größte Stück des Hebens, und auf den schwarzen Kutter, der eine halbe Meile in Luv klüste und ebenso schwer arbeitete und schirrwerkte wie seiner.

Sie waren gute Makler, der schwarze und der grüne Kutter, fischten, segelten und ankerten fast immer in Ruf- oder Sichtweite, weil ihre Schiffer es so wollten. Jan und Hinnik waren die besten Kameraden, nicht allein, weil beide neue Schiffe hatten, denen die Flagge am Knopf wehte; sie hatten sich schon viel früher verbündet: beim Schwimmen am Deich, beim Osterfeuer, beim Schreiben und Rechnen und bei vielen anderen Dingen. Und das war ausgemachter Kram von jeher gewesen, dass keiner vor dem anderen etwas voraus haben durfte; so flatterte Jans Flagge so stolz wie Hinniks, so war Hinnik noch kein Baum zu hoch gewesen, den Jan erklettert hatte. Und wie Jan nicht vor Hinnik nach Haus ging, wenn sie zum Tanzen waren, wie Hinnik ebensoviel Bier vertragen zu können meinte wie Jan, so glaubten sie, es auch auf See miteinander aufnehmen zu können; wenn Hinnik das Wetter zum Hinausgehen nicht zu schlecht war, dann kreuzte auch Jan gegen den harten Wind; solange Jan fischte, gab auch Hinnik das Kurren nicht nach, und bevor Hinnik nicht beidrehte, fiel es auch Jan nicht ein, binnen zu laufen. Solange Jan volles Zeug trug, steckte auch Hinnik kein Reff ein, – es war gewissermaßen ein gegenseitiges Herausfordern, ein Auftrotzen, ein Prahlen hüben und drüben, das zu immer gefährlicheren Taten ermunterte.

So etwas verwehte auch diesmal bei dem sturen Wetter nicht. Es war unverständlich, dass sie bei dem flagigen Wind beide noch mit ungerefften Segeln klüsten. Jans sorgender Blick hing manchmal starr an Topp und Gaffel, als befürchte er im nächsten Augenblick ein Bersten und Krachen. Auch war es unklug, so viel Wasser überkommen zu lassen und Boot und Geschirr aufs Spiel zu setzen, – aber solange Hinnik da drüben es mit vollen Lappen tat, mochte er auch kein Tuch verstecken. Hinniks Kutter war nicht so steif; so kam es ihm zu, zuerst zu reffen! Hinnik hinter seinem Kompass dachte dagegen: du büs de Öllst, Jan; ik mag di nich tovör kommen … So ging es mit Backbordhalsen weiter …

Es schien, als wenn der Wind an Ungestüm noch zugenommen hatte. Die Flagge wirbelte wie sonst etwas auf und ab, und das Wasser ergoss sich stromweise über den Setzbord. Der Knecht, ein verwegener rothaariger Gesell, stand neben dem Boot, gleichmütigen Gesichts, denn er hätte um alles in der Welt keine Furcht zeigen mögen, der Junge aber saß wie ein Kaninchen geduckt unter den Wanten und verfolgte See um See mit ängstlichen Blicken.

Jan rückte den Südwester noch mehr in die Stirn.

»Hogel!« rief er durch das Gebrause.

Gleich darauf fegte eine Hagelflage heran. Eine milchgraue Wolke legte sich tief auf das Wasser und umschlug Mast und Segel wie ein ungeheures Leichentuch. Es wurde so unsichtig, dass Jan keine zehn Faden sehen zu können glaubte. Von dem schwarzen Kutter war nichts mehr wahrzunehmen, es blieb auch wenig Zeit, danach zu gucken, denn das Schiff pflügte schwerer als vorher und ging die Sache an wie nichts Gutes. Hinnik wird es ja nicht gewahr, sagte sich Jan und gab in diesen schweren Augenblicken den Befehl zum Reffen. Der Kutter luvte auf, und mit Mühe und Not, in harter Arbeit, brachten die verklamten Finger das schwierige Werk zustande. Während dieser Zeit rasselte der Hagel in schweren Schlossen nieder, und der Wind sauste stärker und stärker, aber dann stand das Schiff vermöge der kleineren Segel doch höher auf, und es war ein besseres Klüsen als vorher. Wie lange die Flage dauerte, hätte keiner zu sagen vermocht. Jan wäre wohl auf eine Stunde verfallen. Er konnte wieder seitwärts lugen.

Seen, große, dunkle, hungrige Seen mit wirbelnden, weißen Köpfen drängten sich dort um die Plätze, schossen aneinander vorbei, stießen zusammen und rissen sich wieder los. Manchmal aber tat sich ein Haufe zusammen und hob den stärksten Genossen auf den Schild, – dann wuchs eine Sturzsee zu ragender Höhe auf und rollte ihren Weg.

Immer noch war der schwarze Kutter nicht wieder zutage gekommen, obgleich die Flage längst vorübergeweht war und es heller und sichtiger wurde. Jan hatte erst nach dem Reff des Kameraden gesucht, – nun aber suchte er das Schiff selbst mit unruhigen Augen, die er in jede Kompassrichtung wandern ließ. Er langte den Kieker aus dem Nachthaus und suchte mit ihm die See ab, – aber kein Segel und kein Schiff gaben sich in diesem lebendigen Gebirgsland an. Langsam legte er das Glas hin, und die Augen liefen unsicher nach den Segeln hinauf. Da sah er seine Flagge zerfetzt um den Topp flurren und gewahrte, dass sein Großsegel einen großen Riss hatte. Da schoss es ihm warm in die Augen …

Der Knecht guckte auch nach dem Segel, noch mehr aber über See. Auch er war unruhig geworden, als er den schwarzen Kutter nicht mehr in Sicht kriegen konnte.

»Sulln wi sowiet ut'n een komen wesen?« rief er laut.

Aber Jan schüttelte den Kopf.

»De is weg«, sagte er dumpf und gepresst.

»Bleben! Wedder een bleben *un wat för een!*«

Dennoch spähte er wieder scharf nach der Kimmung. Der Knecht musste das Ruder übernehmen, – sonst gehört das Ruder im Sturm dem Schiffer! – und Jan ging schweren Schrittes nach dem Steven, wenig auf das übersprühende Wasser achtend. Die Augen in die Weite gerichtet, hielt er lange Zeit auf seinem Posten aus.

Dann fasste er das Ruder wieder an und kreuzte auf und ab, in schwerer Not, nach seinem Kameraden suchend, bis die Nacht hereinbrach.

Dann setzte er seine Flagge halbstock, ohne ein Wort zu sagen, legte das Nachtglas müde beiseite, ließ die Lichter anstecken, warf das Ruder herum und steuerte umheult und umbraust nach Helgoland zurück, dessen heller Schein ihn um Mitternacht grüßte.

Mit zerrissenem Segel und zerrissener Seele.

Hans Otto

Die Kugelbake vor Cuxhaven ist die große Nebelfrau der Elbmündung. Wer sie einmal bei Daak und Dunst über die Watten starren gesehen hat, weiß das. Vordem stand dort bei Nebel und trüber Luft eine Fischersfrau von Döse, ein armes, irres Weib, das ihren verschollenen Mann auf der See suchte; jahrelang hat sie dort gestanden, alle alten Schiffer haben sie gesehen, – bis die riesige Bake sie ablöste.

An dem Balkengestell dieser Bake zog ich die Schuhe aus, streifte die Strümpfe ab, nahm auch meine Mütze in die Hand und watete barhäuptig und barfüßig, von der Sonne erwärmt und von dem salzigen Wasser gekühlt, über das weite Watt dem stillen Duhnen entgegen.

Die auf der Reede von Cuxhaven – twüschen de Baaken, wie die Schiffer sagen – liegenden drei großen, dicken Barken kamen aus Sicht, dafür aber stieg der graue Normannsturm von Neuwerk höher aus den Watten, die beiden binnensten Feuerschiffe der Elbe leuchteten herüber, und vor und hinter ihnen wurde es nicht leer von Schiffen. Krabbenjollen und Fischerewer segelten ein, Tjalken und Gaffelschuner kreuzten seewärts, tiefgehende, schwarze Kohlendampfer zogen zu zweien und dreien ostwärts, Holzdampfer mit gelbleuchtender Deckslutung pflügten gen Westen. Sogar hinter der Kimmung, ganz im Norden, hatte der Handel noch schwache Rauchwolken auf der See. Lloydkähne, braunrot, mit großen, gelben Nummern an den Seiten, an langen Trossen hinter ihrem zierlichen Schlepper, klüsten von der Weser herüber. In der Weite standen die dunkelbraunen Segel eines Störfischers regungslos auf dem weißen Wasser, und dahinter tauchten wie Maulwurfshügel die Bäume von Büsum-Hilligenlei auf. Seenot und Seeluft erfüllten mein Herz, als ich vor meinen Füßen nach fliehenden, spinneflinken Krabben und auf der See nach Schiffen suchte. Dann dachte ich an die beiden Türme von Altenbruch, die wir vorher passiert hatten, und an das Schifferwort: »Wenn de beiden Turns upeenanner stoht, denn hett de

Froo dat Seggen an Burd,« – also dass die Frau so gut wie gar keine Zeit an Bord zu sagen hat, – an den kleinen, zwerghaften Mann dachte ich, der mir gegenüber gesessen hatte, mit dünnen Mädchenfingern und einem alten Gesicht, aber mit großen, unschuldigen, neugierigen Kinderaugen, die guckten, als sähen sie zum ersten Male ein Schiff, die von den großen Leuten ängstlich abirrten und sich vertrauend den Kindern zuwandten, – und an das schöne, braune Mädchen dachte ich, mit dem viel zu großen Hut, das von einem Kranze junger Herren und Damen mit heftigen Vorwürfen überschüttet wurde, weil es sich zu lange im Tanzkreis aufgehalten und mit anderen Herren schön getan haben sollte. Erst verteidigte es sich klug und gewandt: ein Mädchen könne nichts tun, das ihm nicht verdacht werde, hörte ich als heimlicher Lauscher heraus; dann, als die Meute nicht nachgab, schwieg es, und seine blaugrauen Augen sahen in die Weite, während seine Lippen zuckten. Nachher kam es an die Reihe beim Rundgesang: es richtete sich auf, warf den Kopf zurück und sang keck, trotzig und übermütig aus dem Rigoletto: » … Ach, wie so trügerisch sind Weiberherzen … « Je mehr das Mädchen sang, desto lauter und bitterer wurden die Worte » … alles ist Lüge … « da überwältigte es das Gefühl, und es barg aufschluchzend sein Gesicht und seine Tränen in sein Tuch … Die Gesellschaft wurde stumm und verlegen und schämte sich fast.

Als ich unter solchen Gedanken eine Stunde der Gilde der Wattenläufer angehört hatte, verspürte ich Hunger, und weil ich etwas Essbares mitgenommen hatte, suchte ich mir am Dünenrande einen sonnigen Fleck aus und legte mich auf den weißen, reinen Sand nieder, kurz vor den ersten Zelten und Körben von Duhnen.

Zum Zeichen meiner Rast aber steckte ich den langen Erlenstock, den ich unterwegs aufgefischt hatte, fest in den Sand und knotete mein Taschentuch daran, das nun flatternd im Winde wehte. Das war gut so, denn wer weiß, ob Hans Otto sich sonst nach mir umgesehen hätte, oder ob er von so viel Zutrauen erfasst worden wäre.

Ich saß noch nicht recht, da rief er von weitem: »Ist das deine Fahne? Ist das deine Fahne?«

Und als ich mich umwandte, kam ein sonnenbraunes Kerlchen von vielleicht drei Jahren, nur mit einer Hemdhose bekleidet, in Eile herangestäubt und rief immerfort:

»Ist das deine Fahne? Ja?«

Das war Hans Otto.

Ich musste seine Frage bejahen. Er winkte, stellte sich neben mich und begutachtete nun die Fahne nach Farbe und Größe, er prüfte, ob der Flaggenstock fest genug stand, ob die Knoten ihrer Bestimmung Genüge leisten konnten, und ob der Wind von der rechten Seite kam. Nach einem Rundgang um den Flaggenhügel wandte er sich wieder mir zu:

»Hast du die Fahne selbst gemacht?«

»Wenn es nicht unbescheiden klingt, mein Junge, ja.«

»Du kannst fix was!« lobte er.

Ich wehrte ab: »Nur mit Einschränkungen, mein Junge, in andern Dingen bin ich ein großer Stümper.«

»Nun weht sie ja nicht mehr,« klagte er dann.

»Man hat es oft am Mittag, dass der Wind mit einem Male einschläft,« sagte ich auskunftgebend. »Die Schiffer draußen auf See wecken ihn dann schnell wieder auf.«

»Wie machen sie das?« begehrte er zu wissen.

»Sehr einfach. Sie kratzen am Mast. Tu du es auch. Ich will dir aber gleich sagen, dass es ein toller Aberglaube ist.«

Und der kleine Kerl bearbeitete den Stock mit den Nägeln so eifrig, dass ich für die Fahne fürchtete und rief aus Leibeskräften:

»Wind! Wind!«

Zufälligerweise frischte der Wind in diesem Augenblick wesentlich auf, und der Kleine freute sich königlich über die Zauberei.

Seine junge Mutter, die drüben in der Sonne lag, rief ihn: »Hans Otto, komm! Komm hierher!« Aber er verwies ihr solche Störung ernstlich mit der keinen Widerspruch duldenden Antwort: »Du, ich hab' jetzt kein' Zeit!« Diese Sentenz wiederholte er mehrfach, sodass ich darin eins seiner geflügelten Worte anzusprechen geneigt bin.

Als er indessen hinsah, wurde er gewahr, dass seine Mutter ihm auch eine Fahne gemacht hatte: er lief hin und brachte sie schnell in unser Lager, wo wir sie neben meiner aufpflanzten. Wir stellten fest, dass jede ihre besonderen Vorzüge hatte: meine war bunt, seine weiß, meine klein, aber sie wehte hoch, seine groß, aber sie wehte niedrig.

Danach besann Hans Otto sich auf sein Spiel, das er beiseite geworfen hatte, als er meine Flagge flattern sah, und er unterwies mich in seinem ebenso umfangreichen, wie verzwickten Straßenbahnbetrieb, den er ohne Schienen und Drähte nur mittels eines deichsellosen Groschenwagens und mit Hilfe seiner Hände und einer Anzahl Steine und Korkstücke auf dem Strand von Duhnen unterhielt. Ich arbeitete mich allmählich ein und lernte auch die Haltestellen von Hans Ottos Lingelingbahn kennen und – was schon schwieriger war – unterscheiden, die wohl auch die Haltestellen seiner kleinen Lebensreise waren: Sternschanze, Hauptbahnhof, Wilhelmsburg, Altona, Kiel und Blankenese. Die ganze Bahn war eigentlich nur eine Familiengründung, denn Hans Otto beförderte ausschließlich Onkel und Tanten. Und sonderbare Onkel und Tanten waren darunter. Tante Emma zum Beispiel (ein großes Korkstück) war sehr dick und ging nicht gern, weshalb wir sie immer bis zur Endstation mitnehmen mussten. »Onkel Hermann müssen wir stets einen Fensterplatz einräumen, weil er zu gern ausgucken mag.« Tante Wilhelmine war schwerhörig und kurzsichtig – die arme Frau! – und wir mussten ihr deshalb den Namen von jeder Haltestelle ganz laut ins Ohr trompeten. Onkel Fritz war dreist und ging immer mit der brennenden Zigarre in den Wagen, weshalb wir ihn jedesmal auffordern mussten, die Zigarre wegzuwerfen oder nach draußen zu gehen. Weiß Gott, es gab mancherlei zu bedenken und zu beachten!

Als wir unseren Betrieb stilllegten, um zu frühstücken, setzte Hans Otto sich neben mich und half mir wacker bei der Mettwurst, mehr noch beim Kuchen und am allermeisten bei den Bananen. Der geneigte Leser mag daraus ersehen, dass Hans Otto ein Leckermaul ist; fragte er aber weiter nach ihm, so bliebe ich stumm, denn ich weiß Hans Ottos Zunamen nicht, auch weiß ich nicht, wo er wohnt. Wir haben einander nicht nach dem Namen gefragt: ich mochte es schon deswegen nicht tun, weil ich als Arbeiter bei der Straßenbahn doch gewissermaßen sein Untergebener war.

Die Einwände seiner kopfschüttelnden Mutter gegen unsere gemeinsame Tafel wehrte ich lachend ab und er mit seiner bekannten und beliebten Redensart: »Du, ich hab' kein' Zeit!«

Nach dem Essen erbot ich mich, dreister geworden, ihm ein Blankenese zu bauen, wenn er mir dabei an die Hand gehen wolle. Er sagte es zu, und wir gingen an den Bau wie die Fronarbeiter an die Pyramiden. Armer, kleiner Hans Otto. Du hattest nicht einmal eine Schaufel und nanntest auch keinen Eimer dein eigen, aber ist es nicht dennoch gut gegangen?

Haben wir nicht unermüdlich mit Händen und Füßen gebaut und gegraben und ausgeschachtet? Haben wir nicht ein breites, tiefes Bett für die Elbe zurechtgemacht und auf ihr Nordufer einen hohen, gewaltigen Berg getürmt, das getreue Abbild des Süllbergs, fast so groß wie du, Hans Otto? Hätte da einer kommen und zweifelnd fragen können: Soll das etwa Helgoland sein? Gewiss nicht, was?

Und als der Berg hoch und breit genug war, haben wir die Abhänge platt und glatt geklopft, ich mit meinen großen Händen und du mit deinen kleinen.

Haben wir dann nicht aus roten Steinen einen Turm auf den Gipfel gebaut, hatte der Turm nicht eine richtige Flaggenstange und wehte von ihrem Topp nicht ein Tanghälmchen als Wimpel? Hast du nicht hundert rote, weiße und blaue Häuser herangeschleppt, Steine und Muscheln, und habe ich sie nicht nach einem großartigen Bebauungsplan über den Abhang verteilt? Entdeckten wir nicht in den Dünen eine Art von Immergrün, vortrefflich geeignet für die Bepflanzung unseres Berges mit Baum und Strauch?

Und als alles fertig war und wir etwas zurücktraten, um es besser überschauen zu können, hat es da nicht überaus prächtig und lustig ausgesehen, unser buntes, großes Blankenese? Sind nicht die Leute bewundernd stehen geblieben, und hat dein kleines Ohr auch nur eine ungünstige Kritik gehört? Von deiner eigenen Freude will ich ja noch gar nicht mal so viel Aufhebens machen, denn du warst als Teilhaber und Miterbauer vielleicht nicht ganz objektiv; aber sind nicht sogar die drei Marineartilleristen, die großen, braunen Gestalten, stehen geblieben, die doch gewiss schon an Brockeswalde und an die Mädchen dachten; haben sie nicht Lobesworte gefunden und nicht gleich auf Blankenese geraten?

Wir können auf alle diese Fragen getrost und freudig Ja antworten, Hans Otto, und wir werden der Wahrheit am nächsten sein. – Wie lange wir noch dagestanden und uns unseres Werkes gefreut haben, … ich weiß es nicht, wie ich auch nicht weiß, ob die großen Baggerungen in der Elbe, die wir noch unternahmen, wirklich notwendig waren, oder ob sie hätten gespart werden können.

Auch das weiß ich nicht, warum ich dann mit einem Male aufstand und weiterging, Duhnen zu, denn es lag mir im Grunde nichts mehr an Duhnen ...

Du hast mich nicht festgehalten, Hans Otto, als ich dir zum ersten und letzten Male die Hand gab. Nur gesorgt hast du dich, ob ich morgen wiederkäme, und ich habe es bejaht. Ich sehe noch dein betroffenes Gesicht, als ich wegging. Es war, als könntest du nicht glauben, dass ich von dir ginge. Ratlos standest du neben dem großen Süllberg und sahst mir nach. Und wie lange hast du mir nachgesehn!

* * *

Als ich im Abenddunkel mit der »Cobra« zurückfuhr und nach den Feuern und Lichtern der dunklen Elbe guckte, da habe ich an dich gedacht, Hans Otto, und es ist mir sogar aufs Herz gefallen, dass ich dich belog, als ich dir sagte, dass ich am anderen Tage wiederkommen wolle. Wie wirst du nach der Kugelbake blicken, dass ich kommen soll, dein Blankenese von neuem aufzubauen, das die übermütigen Mädchen in der Nacht, als die Matrosen sie zu greifen versuchten, zertreten haben ...

... und nun sitze ich in deinem Hamburg, Hans Otto, zwischen scharrenden Federn und klappernden Schreibmaschinen und blicke in Bücher und auf Papiere, rechne mit Dollars und Peseten und kann es doch nicht verhindern, dass ich geheimerweise auf einen Rechenzettel schreibe: Hans Otto.

Das soll ein Gruß für dich sein!

Der Heuerbaas

Wie ein Teufelsauge dräute das rote Sturmwarnungslicht über den Hamburger Hafen hin, die rote Lampe, die an der Wetterrah der Deutschen Seewarte hing und inmitten des gewaltigen Atems des Nordwests zum Norden zitterte und schwankte. Wie dune Janmaaten dümpelten und scheisterten die grünen Fährdampfer von Steinwärder und vom Grasbrook herüber, und die starken Hafen- und Seeschlepper von Tiedemann, Petersen, Alpers und Wrede tanzten an den Landungsbrücken von St. Pauli, als wollten sie auf der Elbe ihren Dom abhalten. In den Kajüten und Schenken vom Pinnasberg bis zum Stadtdeich aber wurde fleißig Grog angerührt und noch fleißiger umgerührt, meistens von so nördlicher Richtung, dass er unmittelbar an den Polarkreis stieß. Das schien auch nötig zu sein, namentlich des *innern* Sturmes wegen, denn wenn der böse Nordwest ein altes Seemannsherz umbraust, so erzählt er so viel Geschichten von Sturmnächten und Sturmkameraden vergangener Jahre und Fahrten, dass es gut sein mag, den Grog als zuverlässigen Lotsen für die riffreichen Gewässer der Erinnerung anzumustern und an Bord zu nehmen.

Am Johannisbollwerk verkriecht die Kellerwirtschaft von Jens Holm sich vor dem Geheul des Sturmes beinahe gänzlich in die Erde. Was geht uns die Köminsel von Jens Holm an? Wir könnten ebensogut daran entlang singen, wie die fünf Matrosen des finnischen Dreimasters »Runeberg«, die in Ballast nach dem Dom segeln, aber weil wir einmal am Johannisbollwerk sind, überkommt uns das Gelüsten, einmal zu peilen, wie der alte Heuerbaas sich mit dem Sturm abfindet.

Hinter der abgeschabten Toonbank, die einmal in den Tagen der Torsperre grün angestrichen gewesen zu sein scheint, wenn sie ihren grünen Schimmer nicht den vielen »Schweizern« verdankt, die im Laufe der Jahre auf ihr verschüttet worden sind, sitzt einsam der graue Jens Holm, löffelt seinen Grog und starrt zu Boden, als steckten Groschen in den Ritzen des Fußbodens. Mitunter nickt er, als um sich selbst zu beruhigen, dann wieder schüttelt er kurz und heftig mit dem Kopfe, als müsse er Fliegen oder Gedanken verscheuchen. Niemand ist bei ihm, nicht einmal ein Hund oder eine Katze oder ein »Lora«, wie er in so vielen Schenken des Hafenviertels zu finden ist. Gänzlich allein ist der Baas. Und dennoch wagt er nicht, aufzugucken, denn gerade vor ihm steht das kleine Vollschiff, das Jan Sievers in seinen Freiwachen auf der »Palmyra« geschnitzt und aufgetakelt hat, als er seine erste Reise um Kap Horn und nach der Salpeterküste machte. Auch nach der Uhr hinauf mag er nicht blicken, denn neben ihr baumelt der seltsame Mondfisch aus dem Gelben Meere, den Jan Sievers zu Hongkong einem Japaner abgehandelt hat. Auch nach der Toonbank irrt sein Blick nicht, denn dort stehen die großen Muscheln, die Jan Sievers ihm nach der Rückkehr von Sansibar hingestellt hat. Überall in der Schenke hängen oder stehen Dinge von Jan Sievers, – und vor Jan Sievers hat Jens Holm bei diesem gewaltigen Sturm eine große, geheime Angst, die er nicht bemeistern kann.

Denn, alter Heuerbaas vom Johannisbollwerk, – was schrickst du zusammen, bevor ich noch ausgesprochen habe, Jens Holm? Weißt du, was kommen wird?

Siehe, wenn auch deine Schenke leer ist, wenn auch keiner von den alten Seeleuten herangekreuzt ist, um deinen Eisbrecher zu proben und zu loben, wenn auch Jan Sievers fünfhundert Seemeilen vom Jonas entfernt ist, fünfhundert Seemeilen, Jens Holm! – wenn auch sein kleiner Junge, dein Enkel, Jens Holm, dein Enkel! – auf dem Friedhof unter der Erde liegt, wenn auch Martha, seine Mutter, Jan Sievers' Frau und deine Tochter, Jens Holm, deine leibliche Tochter! – grell auflachend mit den drei Janmaaten, die bei dir in der Schlafstelle liegen, nach dem Dom gewandert ist, um sich wieder einmal gehörig zu »amüsieren«, – so bist du dennoch, dennoch nicht allein! Einer ist bei dir, ein großer, ernster, stiller Gast! Der sitzt bei dir und blickt dich unverwandt an, dass du es immer fühlst. Du meinst, es sei Jan Sievers und getraust dich nicht, die Augen zu erheben, weil du bange bist, dass er dann aufspringen und sich auf dich werfen könnte.

Aber Jan Sievers ist es nicht! Wie könnte er es sein? Du weißt doch am besten, wo Jan Sievers ist, denn du hast ihn ja auf den alten, mürben, englischen Kasten geschleppt, auf den bösen Seelenverkäufer, um ihn vom Halse los zu werden.

Nein, Heuerbaas: vor dir sitzt das Gewissen, das Gewissen, das Gewissen! Gieß einen Grog nach dem andern hinunter, starre zu Boden, schüttle den Kopf, winde und krümme dich wie ein getretener Regenwurm, ächze und stöhne, soviel du willst: es hilft dir heute alles nichts, es ist alles vergebens! ... »Ik bün een goden Hürboos! Ik heff gode Schanzen for all de Seelüd! Jedeneenen besorg ik een god Schipp!« Das Gewissen ruft dagegen, lauter als der Sturm, lauter als die schäumende Elbe, lauter als die Warnungsschüsse vom Stintfang (so dass du auch die überhörst), lauter als dein Gejammer ruft es: Und Jan Sievers? Und Jan Sievers? Und Jan Sievers?

Das war eine moie Zeit für Segelschiffe und Niederhafen, für Fliegenwirte, Köminseln, Heuer- und Schlafbaase, Reepschläger, Blockmacher, Zimmerbaase und Segelmacher, was, Jens Holm? als Jan Sievers das Johannisbollwerk zum erstenmal in seinem Leben betrat. Er hatte drei Jahre bei den Bauern hinter Bremervörde gepflügt und gemäht und kam nun mit Sack und Pack und seinen Ersparnissen nach Hamburg, um zur See zu fahren. Sie hatten ihm auf der Heide zuviel davon erzählt, so dass es ihm besser schien, das grüne Wasser als die sandige Erde zu pflügen. Als er den weiten Weg vom Hannoverschen Bahnhof bis an das Johannisbollwerk mit seiner Decksladung zurückgelegt hatte, war er schon einigermaßen müde und musste einmal Fünfzehn machen. Ein geruhiger, treuherziger, vertrauensseliger Mensch war es, Jens Holm, der vor deiner Kellertreppe stand und dein Heuer- und Schlafbaasen-Schild las, der dann nach einer nachdenklichen Weile langsam hereintrat und dich um eine Heuer anging, als du hinter dem Vorhange schon lange Wind von der Sache bekommen und ihn schon abgeschätzt und eingereiht hattest.

Was hast du aus Jan Sievers gemacht, aus diesem unerschütterlichen, ehrenfesten, niederdeutschen Bauernknecht? Was murmelst du, Jens Holm? Einen Seemann? – Nein, sage ich dir, nein! Wir wissen es besser, wissen, dass Jan Sievers schon längst kein Seemann mehr ist, wenn er auch einmal einer gewesen ist, wissen, dass er ein Umhertreiber, ein Säufer, ein Tagedieb, ein Lump, ein Löwe geworden ist und dass du ihn dazu gemacht hast, wissen, dass er dir die blöden Augen und das graue Haar verdankt. Du hast die Schuld, dass seine Hände unsicher geworden sind, und dass seine Füße nicht mehr recht wollen! Dass die Gören ihm nachsangen und die Leute über ihn lachten, dass sein Junge unter dem Rasen liegt und seine Frau mit den Matrosen freit, dass er diesen Abend auf See ist und mit dem Britenschoner die Todesreise machen muss!

Kiek, – da rollt dein Glas vom Tisch und fällt klirrend auf den Fußboden! Dein unheimlicher Gast hat es mit harter, unwirscher Hand umgeworfen und fragt jetzt im Tone eines Richters: Wöllt wi mol Afreeken hollen, Hürboos? Wöllt wi mol sehn, wat an de Kried steiht? Du sollst an die tausend Seeleute angemustert, sollst an die tausend in der Schlafstelle gehabt haben, ich will sie dir nicht beschneiden. Und wenn du auch bei allen deinen Vorteil wahrgenommen und erst dreimal an dich gedacht hast, so soll dir doch gut und gern zugestanden werden, dass du keinem das Rückgrat gebrochen und den Lebensmut oder das Lachen genommen hast. Indessen: es war ja auch zähes, lustiges, wackeres, unverderbliches Seevolk, das gewohnt war, sich mit Taifunen und Monsunen, mit Stürmen und Fiebern, mit Landhaien und Heuerbaasen, mit Tod und Teufel herumzuschlagen und immer den Kopf oben und die Ellbogen freizuhalten wusste . Mit Jan Sievers aber war es anders, Jens Holm. Der war nur halb ein Janmaat wie die andern: sonst war er ein Kind und ein Träumer. Der vertraute dir und der Martha wie seinem Herrgott im Heben. Der war so gesonnen, dass er seinen Geldbeutel auf den Tisch legen und sagen konnte: Nimm dir, was du für richtig ansiehst. Dieses Vertrauen hast du ihm übel vergolten, Heuerbaas, an ihm bist du zum Verbrecher, zum Schurken und zum Teufel geworden, und das wäscht kein Wasser von deiner Seele!

»Ik bün een goden Hürboos!« ... Weet ik, Jens Holm! Aber Jan Sievers hast du doch hingehalten und vertröstet, bis das Geld in seiner Tasche alle war, nicht wahr? Bis er keinen roten Pfennig mehr hatte! Die andern wusste n sich bannig zu verklaren, den Deubel ok, wie wusste n die sich zu verklaren! Sie stiegen dir mächtig in die Wanten, wenn du nicht gleich ein Schiff für sie hattest, oder sie liefen zu einem andern Heuerbaas, der eine bessere Schanz für sie hatte: Jan Sievers aber glaubte dir, als du ihm sagtest, dass das rechte Schiff für ihn noch nicht binnengekommen wäre, wartete von einer Woche zu der andern und legte einen blanken Taler nach dem andern auf die Toonbank ... »Martha hett sik em nich an den Hals smeeten!« ... Weet ik ok, Jens Holm! S hat anfänglich wohl nicht freundlicher mit ihm getan, als mit den andern Seeleuten, das Matrosenmädchen, aber du hast es Jan Svers' Augen wohl angesehen und seinen Worten angehört, dass er sich von ihr geliebt glaubte, und hast sie nicht gewarnt, mit ihm zu spielen, weil du dir dein Geschäft nicht stören wolltest. Den Abend dann, als sie zwischen den Gothenburgern saß und Schwedisch lernen wollte, hast du ihr da nicht aufgetragen, einen Brief an Jan Sievers nach Singapur zu schreiben, damit er nach beendeter Reise doch ja wieder zu dir käme? Die Deern hat es leichten Herzens getan: wer weiß, ob sie sich mehr dabei gedacht hat, als wenn sie einem Janmaaten einen Bittern ins Glas goß: aber der treue Jan Sievers hat den Brief für ernst genommen, hat mit den großen Bauernhänden darüber hingestrichen und hat ihn in seine Brusttasche getan. Und hat dann glücklich lächelnd die rappelnden Chinesen angehört, die ihre Seiden anpriesen. Mit einem Haufen von Geschenken und mit goldenen Ringen ist er zurückgekehrt, und das treueste Herz hat er dir ins Haus getragen, Heuerbaas. Da hast du ihn großartig aufgenommen, denn er hatte ja auch noch ein Taschentuch voll Geld, hast ihm auf die Schulter geklopft, ihn einen fixen Kerl und deinen besten Freund genannt und hast es geduldet, ja begünstigt, dass die Martha mit ihm ausging. Zwei Reisen später stand das Mädchen vor dir, gerührt von soviel Güte, Liebe und Treue, von diesem unbekannten Wunderklang aus weitabliegenden Welten, und sagte dir, dass sie sich mit Jan Sievers verloben wolle. Damals war die Zeit, sein Leben in eitel Sonnenschein und blauen Himmel zu tauchen, denn die Martha sehnte sich aus der stickigen Kellerluft hinaus und hatte bessere Träume: aber dagegen hast du deine harte Hand gestemmt, Jens Holm! Sie musste bei dir bleiben, etwas anderes gab es nicht, denn dein Geschäft durfte auf keinen Fall darunter leiden. Dein Geschäft! Jan Sievers in seinem unbegrenzten Vertrauen gab es gern zu, dass seine Braut wie bisher in der Schenke bediente: hat dich das nicht im Herzen gerührt, Jens Holm? Wohl nicht, denn sonst hättest du wohl kaum immer so große Sorge getragen, ihn stets sofort wieder anzumustern und abzuschieben, wenn er sich einmal nach abgemachten langen Reisen ausruhen wollte! Und was für lange Reisen wusstest du für ihn aufzugabeln? Selbst der arglose Jan Sievers musste sich mitunter doch heimlich darüber wundern. So wenig wie die Verlobung hast du freilich die stille Hochzeit und die Geburt des kleinen Jens Sievers verhindern können, aber ärgerlich waren dir alle diese Dinge, weil sie deinem Geschäft doch mannigfach schadeten und nach deinen Worten mehr kosteten, als sie einbrachten ... Kommen nicht einmal nachdenkliche, einkehrliche Stunden über dich, Heuerbaas, Stunden, in denen du deine Tochter am Fenster sitzen siehst, wie sie damals am Fenster saß, oben in der Wohnung, mit ihrem Kind auf dem, lachend und sonnenbeschienen, eine schöne, glückliche Mutter? Wer hat es fertig gebracht, durch Jammern, Stöhnen, Klagen und Quarken, durch seine ewigen Quäsereien, dass sie den Ring abtat und wieder in der Schenke erschien, wieder einschenkte und mit den Matrosen lachte, dass sie nach und nach wieder in das alte Fahrwasser hineingeriet und mehr und mehr ihr Kind vernachlässigte und ihren Mann vergaß?

Wer anders als du? Ganze sieben Tage hat Jan Sievers seinen kleinen Jungen auf den Armen gehabt, da hattest du schon wieder eine Notreise für den Gutherzigen ausfindig gemacht, die er tun musste, wenn er dich nicht wortbrüchig machen wollte. Und als er zurückkehrte, da konnte er aus dem an Bord in den Freiwachen zurechtgezimmerten und -geschnitzten Schlitten ein kleines, schlichtes Holzkreuz machen und es dem kleinen Toten auf das Grab pflanzen. Jan Sievers hat auch dann noch nicht viel gesagt und geahnt: er hat nur die schwieligen Hände zusammengelegt und gebetet, und was sich dabei nicht lösen wollte, das hat er nach niederdeutscher Art in sich hineingefressen. Dass er auch keine Frau mehr hatte, hat er erst einige Reisen später erfahren, als ein betrunkener Holländer ihn in der Ecke umarmte und ihm sein Herz ausschüttete. Da kam Jan Sievers aus dem Kurs: er bog um auf seinem Lebenswege und wurde der, der er jetzt ist. Erst ein wilder Trinker, ein lauter Radaubruder, der das Haus des Heuerbaases mied. Dann aber, als er kein Schiff mehr bekommen konnte, kam er soweit herunter, dass er sich wieder zu seinem Schwiegervater schlug und dort eine Art von Hausknecht spielte, wobei er nur an Jens Holms Geschäft dachte und von der alten Zeit nichts mehr zu wissen schien. Er schleppte für die Janmaaten die Zeugsäcke und Seekisten von Bord und erzählte ihnen für einen kleinen Köm große Räubergeschichten aus seiner Heide. Der Martha durfte er nicht mehr nahe kommen.

In der letzten Zeit aber hatte er mehrmals, wenn er zu sehr im Tran war, vertrauliche Anspielungen gemacht, die immerhin das Geschäft stören konnten: da hatte der Heuerbaas ihn dem verrückten Engländer auf den Hals geladen, der sich seine Leute halb schanghaien musste, weil niemand freiwillig auf den schwimmenden Sarg wollte.

Ist es nicht so, Jens Holm?

* * *

Zerfetzt flattert der Union-Jack über dem zerrissenen Besansegel. Der englische Schoner »Hannah Joliffe« ringt vergeblich mit dem schweren Regensturm, – und die südirischen Felsenriffe sind in bedrohlichster Nähe. Alles Pumpen kann nicht verhindern, dass der mürbe, ausgediente Kasten sich im Raum mehr und mehr mit Wasser füllt und sich auf die Seite zu legen beginnt. Den Roof und das Rettungsboot haben die Seen schon vom Deck geschlagen. Jan Sievers, der German, ist ein Held in seinen letzten Stunden. Er ist wach geworden, wie nach schweren Träumen, und tut umsichtig und unerschütterlich seine Arbeiten. Als der Schiffer von einer Sturzsee über Bord gerissen wird, da übernimmt er den Befehl über das Schiff, und die Briten gehorchen ihm willig, so gewiss und gewaltig erscheint ihnen der Mann mit einem Male, über den sie am Kai gelacht hatten, als er über eine Trosse hinweggestolpert war. Noch einmal steht die Hoffnung stur und hoch auf! Wie pumpen sie, wie ringen sie um ihr Leben! Immer wieder flammt das Blaufeuer auf, schwenken sie das Todeslicht! Aber alles Leben verjagt den Tod nicht. Es ist auch zu spät dazu. Das Schiff stößt auf, und die Klippen beißen scharf und knirschend zu. Was noch lebt, muss in die Wanten klettern. Da hängen sie in der schneidenden Kälte mit durchnässten Kleidern, todesmatt, hungrig und müde, und warten, dass sie erstarren oder dass die Woge sie herunterholt. Der Deutsche fühlt, dass seine Finger steif geworden sind, dass er sich nicht mehr halten kann. Er hat sein Leben noch einmal überdacht, das Pflügen beim Bauern und die große Fahrt, jetzt hat er seinen Jungen auf dem Arm: weiter will er nicht, da will er stehen bleiben, der Rest soll nicht erst kommen ... »Mien lüttje Jung,« flüstert er, dann überschlägt er sich ... Graue Wolken jagen in Fetzen über den fahlen Mond.

... »Goh weg! Goh weg! Goh weg! Rut, rut! Jan Sievers, ik segg di, rut ut mien Hus! ... «

So schrie der alte Heuerbaas in demselben Augenblicke angstvoll und stöhnend auf und streckte die Hände abwehrend vor, denn Jan Sievers stand mit einem Totenantlitz und in leckendem Ölzeug vor ihm und blickte ihn starr an.

»Du büst op See: wat wullt du hier? Weg!«, ächzte der Heuerbaas. Die Gestalt hob die Hand wie zum Schlage und trat einen Schritt näher, – da stürzte der Heuerbaas mit einem kurzen Schrei zu Boden.

Hinter dem Hirngespinst – oder war es mehr als das? – denn die Wasserkante weiß, was es mit der Todesstunde der Seeleute auf sich hat! – hinter der Geistergestalt aber kam die Elbe, kam die Hochflut, die springende Tide, rieselte die Treppe hinunter, füllte den Keller und verlöschte die Lichter des Heuerbaases Jens Holm.

Herbst entgegen

Ich schwimme beim Swiensand, südsüdost von Falkental im tiefen Priel und ringe mit der starken Strömung. Eisigkalt ist das Wasser. Es soll mich heilen von der Herbstmüdigkeit, von den Spinneweben, die meine Sinne umfangen wollen. Schwere, fremde Tropfen sind in meinem Blut. Und wären es die letzten, verzitternden Wellenkreise eines Winterschlafes in grauen Zeiten: ich schüttle sie ab und lache ihrer. Ich brauche den Herbst und seinen Wind, ich rufe ihn: damit meine Wimpel hoch am Mast flattern, damit meine Segel sich blähen, damit meine Mühlen mahlen. Mit weißen Geisterhänden greif ich aus: dreimal noch um das Boot, nein viermal, nein solange, bis die Sonne wieder aus den Wolken kommt. Riesengroß ist mein Fahrzeug, es überragt alle Bäume, alle Deiche, alle Türme, alle Gipfel. Eben komme ich beim Achtersteven aus seinem Schatten und steure auf das kleine, grüne Eiland zu. Die Weidenblätter haben schon helle Farben. Das Reet ist graubraun geworden. Da waten keine Störche mehr, da jagen keine Schwalben, da tanzen keine Mücken mehr umher. Die Kuhblumen, die Butterblumen haben ausgeblüht, die Binsen liegen schwer auf dem Schlick. Still und vereinsamt harrt der Sand der Stürme und Hochfluten. Schwarze Muscheln liegen am Strande wie Fußtapfen im Schnee. Eine Nebelkrähe schreitet beschaulich am Wasser entlang. Mitunter streckt sie den Kopf vor und gibt sich durch tiefes Krächzen kund. Wilde Enten streben hastig dem Neste zu.

Es wird hell und blank um mich her, es blitzt und schimmert: die Sonne ist da. Ich schwinge mich an Bord und springe von Ducht zu Ducht, derweil die Sonne und der Wind mich abtrocknen. Um Kiel und Steven plätschern die Wogen, sie schlucken und glucken, heimlich und stillvergnügt. Die Augen zu: es ist, als wenn die Glocken gehen, Hochzeitsglocken, Freudenglocken, als wenn die Kinder fern auf der Wiese lachen und spielen, als wenn die Pappeln im Sommerwinde rauschen und erzählen, als wenn die silbernen Quellen über glatte Kiesel und knorrige Tannenwurzeln springen, tief, tief im Walde ... Gluck ... gluck ... gluck ... Eine Henne lockt ihr Küchlein, – und das Küchlein legt das Ohr an die Bordwand und horcht und lacht. Das Segel reiß ich mit *einer* Hand empor, und der Anker kommt schnell genug ans Tageslicht. Dann ziehe ich mich an. Das Boot schwoit, der Lappen fällt voll, und leise gurgelt und zischt es am Steven. Gute Fahrt bei raumem Wind und mit der Tide. Nach Schifferart einen Blick prüfend zu dem braunen Segel hinaufgeschickt, – dann halte ich hellen Ausguck.

Der Swiensand schaut mir nach. Blanke, glatte Flächen, dunkle, krause Windstreifen auf der Elbe. Einen langen, breiten Weg hat die Sonne sich gepachtet: da blinkt und gleißt es, da spielen ihre strahlenden Kinder. Hinter Schulau dehnt sich die See, da sind der Himmel und das Wasser allein auf der Welt und halten einander still an den Händen. Rauchwolken bei Rauchwolken, als wär's die Straße zur Hölle. Segel über Segel teilen sich in den mächtigen Strom: graue und braune, hohe und breite, neue und geflickte. Schleppdampfer, Seedampfer, Fischdampfer, Fährdampfer, schwarze und bunte Schornsteine. Weiße, schimmernde Eiderschuner, unförmige holländische Kuffen, breite, protzige, ostfriesische Tjalken, schwere, wetterfeste Finkenwärder Fischkutter, spitznasige, verwitterte Altenwärder Ewer, braune, runde Lühjollen, alles klüst nach Osten. Weiße, schlanke Leuchttürme verträumen den Tag. Graue Heidehäupter stehn am Wege wie Nordlandsrecken. Blankenese, Luginsmeer und Luginsland, Utkiek und Kiekut von Hamburg, – ein rechtes Sonntagsnest, Tag für Tag in Sonntagskleidern, immer geziert und geschmückt. Die weißen Giebel und die blauen Dächer schauen aus den Baumkronen. Die Fenster sind wie dunkle, kluge Vogelaugen. Helle Streifen leuchten aus dem Grün, das ist der Herbst. An den Brücken liegen Fährdampfer, die grünen breit und bürgerlich, die schwarzen schlank und aristokratisch. Ihre weißen Rauchwolken verfliegen an den Abhängen. Die efeuumsponnene Burg der guten Frau äugt still und weltfremd von der waldigen Höhe: sie träumt vom grünen Rhein. Überall spielen die bunten Farben: gelb und rot und braun in hundert Tönen. Der liebe Nienstedter Turm spiegelt sich in der Elbe. Sein grünes Dach und seine goldenen Zeiger glänzen im Sonnenschein. Um seinen Knauf fliegen die Dohlen. Aus allen Schornsteinen qualmt die breite, rote Brauerei. Auf der andern Seite grüßen die grauen und grünen Häuser von Finkenwärder über die Hamburger Dünen hinweg. Auch die trotzige Kirche guckt über den Deich und der Neß mit seinen Eichen. Der helle, zierliche Wasserturm lacht herüber.

Die Mühle mahlt im Winde, und auch im Alten Lande drehen sich die Mühlen. Brotes genug. Mein Segel giekt, mein Fahrzeug schwankt. Die Dünung des glänzenden, hohen Amerikadampfers hat uns erreicht: mein Boot und ich verneigen uns und danken für den Gruß aus der großen, weiten Welt.

Sei mir gegrüßt, du bunte Welt, sei mir gegrüßt, du großes Leben. Du rinnst und jagst durch meine Adern, reißest mich auf und wirfst mich nieder. Nieder? Fortan nicht mehr! Wer so lachen kann wie ich, der lässt sich nicht mehr niederwerfen. Ich lebe, und hoch will ich leben. Ich lebe mit Wissen und Willen, fühle jeden Atemzug, jeden Windhauch, jeden Wellenschlag. Ich sehe jeden Baum und jede Wolke, deute jeden Schritt und jeden Klang, forsche in allen Mienen und in allen Zügen. Umflutet, umbraust, umkost – und König meines Lebens bin ich! Mittelpunkt der Welt, aller Augen warten auf mich, und über meinem Kopfe ist der Himmel am allerhöchsten. Was ich sehe, was ich tue: darauf kommt es an, und für mich scheint die Sonne. Umreißen oder aufbauen, das ist mir gleich, nur wirken, arbeiten, die Arme aufkrempeln können. Und dabei singen mögen! Wenn zwei streiten: hei, dazwischen gesprungen und mitgestritten! Leben, lachen, siegen!

Nicht angekettet sein wie die rote Leuchtboje hier an Backbord, deren mattes Blinkfeuer mit den Sonnenstrahlen kämpft. Von den Torfewern, die auf die Ebbe lauern, liegt ein ganzes Rudel vor Anker. Sie sind nicht mehr so tief geladen und haben nur noch wenig Decklasten: die unruhige Jahreszeit ist angebrochen. Auf einem Holländer spielen die Kinder Verstecken. Hinter dem Kompasshäuschen, auf dem Roof, vor der Winde: überall krabbelt es. Ein kleiner Kerl kriecht sogar in das Großsegel hinein. Die Mutter sitzt auf den Luken, schält Kartoffeln und guckt ihnen zu. Ein weißes Landhaus mit riesigen Eulenaugen schmiegt sich bei Flottbek dicht an die hohen Buchen, die es einrahmen. Auf der Chaussee schnauft ein Automobil: ein Augenblick, und der Komet ist verschwunden, nur sein Schweif verkündet noch seinen Weg. Helle Kleider, rote Schirme. Mühelos überhole ich ein Segelboot von Neumühlen: weiße Segel allein tun's eben nicht. Vornehm und verbindlich steht das Parkhotel da, und die Schiffe ziehen an ihm vorbei und spiegeln sich in seinen Fenstern. In glänzender Reihe krönen die Landhäuser den waldigen Höhenkamm, weltklug und weltüberlegen, gegenwartkundig und zukunftfroh. Auf dem Sande liegt junges Volk in der Sonne. Ein Mädchen winkt mit der Hand, die beste von allen hebt nur eben das Bein zum Gruße. Spielend rollen die Wellen hinan, kehren zurück und ergießen sich wieder über die Steine. Die Zweige gehen im Winde auf und ab: das ist ein immerwährendes Schmeicheln und Fächeln. Da ziehen sie schon die Boote auf den Strand, schlagen die Segel ab und scheren die Leinen aus. Die Herrlichkeit neigt sich. Heute aber wehen noch die Fahnen, laufen noch die Kellner umher, sitzen noch muntre Gäste an den weißgedeckten Tischen unter den Ulmen, perlt der Wein im Römer, paradiert die dicke Kaffeekanne zwischen Stapeln von Kuchen.

Ree, – und mein Boot stößt hart gegen den Brückenkopf. Die Mädchen gucken mir lachend zu, wie ich das Segel herunternehme. Und ich lache mit, denn blühende Rosen und leuchtende Mädchenaugen, … ach was, ich gehe raschen Schrittes dem Lande zu, wie ich immer tue, wenn die Sonne scheint. Bunt wie ein Narrengewand ist das Laub, hier dunkelgrün, da grau, da braun, da rot, da gelb. Rote Vogelbeeren schimmern aus den Büschen. Hinter den Fenstern der altmodischen Lotsenhäuser bunte Blumen. In den Gärten noch Astern und Rosen, etwas welk, zerzaust, aber Rosen, Sommerrosen. Die Elbschlucht hinauf geht es in Sprüngen: Stufen sind für alte Leute und dürfen nicht abgenutzt werden. Graues Laub in allen Ecken und auf allen Wegen, das rauscht und raschelt. Recht in den Sonnenschein setz ich mich und recht angesichts der Elbe. Vorposten! Da unten kreist das Leben, da kräuselt sich das Wasser und wiegt sich auf und ab. Die Schiffe kommen und gehen, und keins läuft vorbei, das ich nicht messe und nach dem Kurs frage und ein Stücklein Wegs begleite. Über mir spielt der West in den Blättern, und an der Erde fegt er das abgefallene Laub auf einen großen Haufen. Dann und wann wirbelt ein Blatt herab. Helle Wolken ziehen in der Luft. Bald scheint die Sonne, bald läuft der Wind mit dem

Schatten über die Welt. Auf dem Dach sitzt eine Schar von Spatzen und piept laut durcheinander. Aus den Gärten steigt ein herbstlich feuchter Odem auf. Alle Augenblicke legt ein Dampfer an der Brücke an. Breit und schwarz steigt der Rauch auf. Deutlich ist zu hören, wie die Stege ausgelegt werden, wie das Wasser schäumt, wie die Räder schlagen. Dazwischen Rufe. Tuten und Pfeifen. Hoch und leer kommen die Kohlendampfer herab: die Schraube haut halb in der Luft und wirbelt einen Berg von Gischt auf. Einer von Woermann, einer von Sloman, ein Neptun, ein Kosmos, ein Engländer, ein Normann, so wechselt es ab. Eine schwedische Bark mit der neuen Flagge. Im Südosten das Schuppen- und Masten- und Schornsteingewirr von Kuhwärder, der riesige Laufkran. Die Schlote von Harburg, der Turm von Altenwärder, das helle Band des Köhlbrandes. Dahinter die dunkelgrauen Berge, die tiefblaue Geest, wo die Nebel brauen. Der Schopf des Falkenberges, das kahle Haupt des Opferberges bewachen den Eingang der stillen Heide.

Einzelne Boote rudern noch in der Tiefe. Es muss Hochwasser sein: die braunen Segel erscheinen: die Strohewer, Torfewer, Steinewer, Fruchtewer, Kornewer. Schwerfällig kreuzen sie vorbei und ist doch ein farbenfrohes Bild. Das singt und juchheit nicht und reckt mir doch die Arme, denn es lebt und webt und fährt mit allen Winden.

Marienfäden fliegen umher.

Die Wolken haben den ganzen Himmel überdeckt. Die Dämmerung geht über Strom und Strand. Es dunkelt rasch. Mit Siebenmeilenschritten kommt die Nacht, und riesenhaft ragen Bäume und Giebel in das letzte Abendrot hinein. Die Heide verliert sich. Nur die Elbe schimmert noch grauweiß herauf. Überall sind Lichter entglommen. Eins nach dem andern wird angesteckt. Gelb und grün und rot, matt und hell, groß und klein. Alles wirbelt auf dem bewegten Wasser hin und her. Irgendwo zirpt eine Grille von gelben Ähren, rotem Mohn und blauen Kornblumen. Die Elbchaussee entlang wanken Laternen. Zwei bei zwei halten sich die Kinder an den Händen und blicken mit großen, dunklen Augen auf ihr gelbes Licht. Und singen verträumt von ihrer lieben Laterne. Mählich verklingen die feinen Stimmen in der Ferne.

Leise summe ich die schlichte Kinderweise vor mich hin, als ich langsam den Abhang hinuntergehe. Dann ziehe ich mein Segel wieder auf und kreuze die Elbe hinab.

Hoch und steil steigt das Ufer an und wirft seinen riesigen Schatten. Groß und gespenstisch gehen die Schiffe an mir vorbei. Von allen Seiten umspielen mich die Lichter. Wie Leuchtkäfer schwirren sie durcheinander. Verhaltene Stimmen zittern durch die stille Luft. Am Strand wird es dunkler und einsamer. Auf einem Ewer klagt eine schwermütige Harmonika. Je weiter ich treibe, desto ruhiger, traumvoller wird die Welt. In tiefem Frieden zieht die Elbe dahin. Nur am Steven plätschern die kleinen Wellen. Droben haben sich die Wolken geteilt, und freundliche Sterne schauen herab zur »Guten Nacht«.

Die sieben Tannenbäume

Weit ab von den Landstraßen und noch weiter von Dörfern und Höfen steigt ein kleiner Berg aus der weiten, braunen Heide auf. Er liegt in Einsamkeit da, und wenn auch manchmal ein Schäfer mit Hund und Heidschnucken vorbeigeht, so treiben doch gewöhnlich nur Krähen und Hasen auf ihm ihr Wesen.

Einst war's anders. Da war er nicht kahl, sondern trug auf seinem Gipfel sieben Tannenbäume, so dass man meinen mochte, er hätte sich eine dunkelgrüne Mütze über die Ohren gezogen. Und in dem Berge hauste ein Zwerg, den sie das rote Männchen hießen, weil er immer in einem feuerroten Röcklein zutage kam. Ihm gehörten die sieben Tannenbäume, er hatte sie selbst angepflanzt, hatte sie gerichtet und gepflegt, hatte an manchem warmen Sommernachmittag aus der kühlen Tiefe des Berges Wasser getragen – und freute sich nun, dass er sie so weit gebracht hatte, dass sie sich selbst helfen konnten. Und ihm selbst mussten sie auch auf manche Art helfen. Mit ihren feinen Wurzeln hielten sie den Sand fest, dass seiner Höhlenwohnung nicht die Decke niederrieselte, sie sogen den Regen auf bis auf den letzten Tropfen, dass es nicht durchleckte, sie wehrten die Sonnenstrahlen ab, dass es ihm nicht zu heiß wurde. Jedem hatte er einen Namen gegeben: Wegweiser, Regenschirm, Sonnendach, Windbeutel, Gesangsmeister, Stiefelknecht und Spielvogel. Wegweiser war der größte und höchste und wies dem roten Männchen den Weg, wenn es über »Geest« war. Regenschirm war am dichtesten bezweigt, unter ihm lag der Zwerg, wenn es von den Wolken tröpfelte. Sonnendach war breitgeästet und musste das Männlein deshalb vor der brennenden Sonne beschützen. Windbeutel war besonders kräftig und stämmig; er stand an der äußersten Ecke und drängte den kalten, scharfen Ostwind beiseite, den der Alte nicht vertragen konnte. Gesangsmeister hatte die beweglichsten Zweige und war der lustigste von allen: bei dem leisesten Windzug strich er mit den Nadeln über das dürre Gras und das Kraut, so dass eine herrliche Musik für Zwergenohren vernehmlich wurde, auch lud er Mücken, Grillen, Brummer, Bienen zu Gast, an hohen Festen sogar eine Meise oder einen Finken: an Gesumme und Gezirpe und Gezwitscher war kein Mangel. Stiefelknecht hatte einen krummen Stamm, den benutzte das Männlein jeden Abend beim Stiefelausziehen; es war aber Geheimnis, ob der Stamm krumm gewesen war, und ob der Alte ihn deshalb zum Stiefelknecht gemacht hatte, oder ob der Alte zuerst seine Stiefel an ihm ausgezogen hatte und davon die Krümmung herrührte. Spielvogel war noch zu klein und konnte noch nichts tun; er spielte wie ein Kind mit Wind und Sonne.

Es wurde nach und nach Herbst und Winter. Die Bienen flogen nicht mehr, die Grillen starben, die Sonne saß hinter grauem Gewölk, kalt und feucht wurde es auf dem Berg und in den Tälern. Da verkroch sich das rote Männchen tief in seine Höhle, verstopfte den Eingang mit Moos und Steinen und wartete, dass die Sonne und der schöne Sommer wiederkommen sollten. Die sieben Tannenbäume ließ es in Wind und Wetter allein und quälte sich nicht weiter um sie. Das einzige, was es tat, war, dass es morgens bald den einen, bald den andern bei den Wurzeln fasste, als zöge es ein Kind an den Füßen.

>>*Bäumchen mein:*
Sonnenschein?<<

fragte es dann, und antwortete das Bäumchen wahrheitsgetreu:

>>*Zwerglein, nein!*<<

so legte es sich auf sein Bett von Heidekraut und verschlief den Tag wie ein Murmeltier. So ging es wochenlang, da riß es wieder an den Wurzeln, um zu wissen, was für Wetter sei – und bekam mit einemmal keine Antwort mehr. Es zog stärker, ja, es ließ sich an den Wurzeln baumeln, es fragte mit grässlich lauter Stimme:

>>*Bäumchen mein:*
Sonnenschein?<<

aber es antwortete ihm niemand. Sehr erbost, aber auch ein bisschen besorgt, stieß es die Tür auf – o weh, wie erschrak es! – alle sieben Tannenbäume waren verschwunden. Nur Stammstümpfe standen da, – der Berg war kahl wie ein Pfannkuchen! Da lief das Männchen umher, als wüsste es nicht, was es tun sollte, guckte herum, schlug die Hände zusammen, rief, fragte, weinte und grämte sich um seine Tannenbäume. Die Hasen kamen angehüpft und erzählten ihm von den großen Menschen, die gekommen wären, am hellen Mittag, und die Bäume abgesägt hätten; auf einen großen Wagen hätten sie sie geworfen, und im Trab seien sie mit ihnen weggefahren. Die Krähen kamen geflogen und wollten trösten. Aber das rote Männchen wollte keinen Trost, es wollte seine Bäume wiederhaben. Es wollte in die Welt hinein und sie suchen. »Du findest sie nicht«, sagten die Krähen, »die Welt ist zu groß.« Das Männlein jammerte wieder. Da nahmen die Krähen all ihren Verstand zusammen und dachten nach, wie sie ihm helfen könnten, und wirklich – sie fanden es.

»Wenn der Mond aufgeht«, sagten sie, »wollen wir ihn bitten, dass er sich zum Spiegel der Welt mache. Dann guckst du hinauf und suchst deine Tannenbäume.« Das war dem Männchen eine willkommene Botschaft, und da es noch nicht dämmerte, lud es die Krähen zu Gast und setzte ihnen Buchweizengrütze, Honig und Brot vor; darüber fielen die hungrigen Brüder mit heißen Schnäbeln her. Als sie noch so saßen und von ihren Reisen erzählten, da guckte der Mond groß und rötlich über die Geest.

»Fangt an!« rief das Männchen; aber die Krähen beschwichtigten es: sie müßten noch warten, damit die Spiegelung besser werde. Endlich, nach langem Warten, war es so weit. Der Mond stand groß und klar über dem Heiderande.

Rauschend flogen die Krähen auf und krächzten oben in der Luft:

> *»Blanker, gelber Mond am Heben,*
> *spiegle alles Erdenleben!«*

Mehrmals und durcheinander schrien sie, – das Männlein fürchtete schon, sie möchten es genarrt haben. Plötzlich fielen sie lautlos in das dürre Kraut nieder, und sieh: der Mond wurde größer und größer, leuchtete taghell auf, und wie in einem Spiegel zeigte sich auf ihm die Welt mit allem, was darin war: Wasser und Berge, Städte und Wälder, Häuser und Menschen und Bäume, alles war deutlich zu erkennen. Das rote Männchen machte große Augen und suchte. Dann wies es mit beiden Händen nach einer Gegend.

»Was für eine große Stadt ist das?« rief es zitternd.

»Hamburg«, gaben die Krähen leise zur Antwort.

»Da sind alle sieben, alle meine Tannenbäume!« rief es wieder. »Ich sehe sie alle: Wegweiser in einer großen Kirche, Regenschirm in einem prächtigen Herrenhause, Sonnendach vor einer Dombude, Windbeutel in einer kleinen Stube, Gesangsmeister in einer armseligen Dachkammer, Stiefelknecht an der Straßenecke, Spielvogel oben auf dem Schiffsmast. O, – wie müssen sie sich nach mir und dem Berg zurücksehnen, wie mögen sie jammern! Ich will nach Hamburg und sie holen. O, – bringt mich nach Hamburg! Hasen und Krähen, liebe Freunde, helft mir!«

Das wollten sie. Das Männchen machte sich reisefertig, zog Handschuhe an, setzte sich auf den Hasen, hielt sich an dessen langen Ohren fest, und – hast du nicht gesehen? – ging's über die Geestberge, dass die Heide wackelte. Als sie aber unter die Lichter von Hamburg gerieten, warf das Hasenross den Reitersmann ab und trabte angstbeklommen nach Hause zurück. Das Männchen schwang sich kurzgefasst auf den breiten Rücken der größten Krähe und ließ sich über die Elbe nach dem glänzenden, funkelnden Hamburg tragen. Wohl erschrak es über die Maßen vor den hohen Türmen und den gewaltigen Häusern, wohl entsetzte es sich vor dem vielen Licht und vor den Tausenden von Menschen und hielt sich krampfhaft an den Nackenfedern der Krähe fest, um nicht auf die krabbelnd vollen Straßen zu stürzen, – aber die Sorge um seine sieben Tannenbäume hielt ihm den Kopf oben.

Auf dem Kirchendache landete das Rabenschifflein seinen Fahrgast, der sich an dem Blitzableiter hinabgleiten ließ und durch eine Luftröhre in die Kirche stieg. Vor all der Helle und Pracht konnte er kaum die Augen offen halten. Orgelton und Gesang durchbrausten den Raum, in dem kein unbesetzter Platz vorhanden war. Neben dem Altar stand ein großer, hoher Tannenbaum, über und über mit

Lichtern bedeckt: es war der Wegweiser. Das Männchen erkannte ihn und schlich sich unter den Bänken entlang zu ihm.

»Armer Wegweiser!« schluchzte es.

Der große Baum aber schüttelte leise die Krone, dass die Lichter flackerten: »Arm?« fragte er, »ich bin nicht arm, ich bin der schönste Baum auf der Erde, ich bin der Weihnachtsbaum. Sieh meine Pracht und mein Leuchten!«

»Ist nur ein Traum, armer Wegweiser, nur ein Traum. Wenn du erwachst, sind deine Lichter erloschen und du liegst vergessen im Winkel. Und stirbst. Komm mit auf den Berg, eh es zu spät ist.«

Der Baum rüttelte wieder seine Krone: »Ich weise andere Wege«, flüsterte er wie im Traum, »Wege zu Gott, Wege zur Freude, Wege zum Kinderland, ich bin beglückt, wenn ich nur zwei Kinderaugen glänzen machen kann. Und hier glänzen tausend. Musst mir mein Glück schon gönnen, rotes Männchen, und mich stehen lassen.«

Brausend erscholl Orgelton dazwischen.

»Und deine sechs Brüder?« fragte das Männchen.

»Die sind alle Weihnachtsbäume geworden«, sagte der Wegweiser, »tragen Lichter und Nüsse und Äpfel, erfreuen arm und reich, großes und kleines Volk. Um sie klingen Weihnachtslieder, und alle Kinder lachen. Keiner geht zurück in den Wald. Einen Abend Weihnachtslichter tragen, ist die Sehnsucht aller Tannenbäume. Ist die erfüllt, dann verdorren sie gern. O Weihnacht!«

Als der Baum so gesprochen hatte, sah das Männchen ein, dass es ihn nicht überreden konnte.

»Weihnachten und die Menschen sind dir in die Krone gefahren«, sagte es und stahl sich hinaus. Die Krähe wetzte ihren Schnabel auf dem Dach, das Männchen bestieg den Rücken, und weiter ging es. Zu Regenschirm, der über und über mit Gold und Silber bedeckt war und sich nach der Musik um sich selbst drehte wie ein junges Mädchen im Tanzsaal. Zu Sonnendach, das mit elektrischen Glühlampen besteckt von dem Karussell auf den Schwarm der Dombesucher herableuchtete. Zu Windbeutel, der spärlich behängt eine kleine Arbeiterwohnung erhellte. Zu Gesangsmeister, der in der Dachkammer stand, ein einziges Licht und einen Hering trug; ein grauer Kater saß daneben und wollte sich an den Hering machen, aber jedesmal stach Gesangsmeister ihn mit den Nadeln, dass er miau-schreiend zurückspringen musste.

Alle vier bat das rote Männchen, aber alle antworteten ebenso wie ihr großer Bruder, sie waren glücklich, Weihnachtsbäume geworden zu sein und dachten nicht daran, wieder nach dem kalten, dunkeln Berg zu wandern. Nicht einmal einen Gruß an die braune Heide hatten sie aufzutragen, und mochte das Männlein sie treulos und undankbar schelten, sie spiegelten sich im Schein ihrer Lichter und lachten wie Kinder.

Traurig schwebte der Zwerg wieder durch die Luft, bis er vor Stiefelknecht stand. Der lag auf einem großen, dunkeln Platz in einem Haufen anderer Tannenbäume. Wegen seines alten Fußleidens hatte ihn niemand kaufen wollen.

»Deinen Brüdern will ich es gar nicht mal so sehr verdenken«, sagte der Alte zu ihm, »sie tragen Lichter und sind Weihnachtsbäume, – aber du bist keiner.«

»Doch, – ich bin ein Weihnachtsbaum, so gut wie die andern«, sagte Stiefelknecht, »der schönste Baum auf Erden. Ich sehe viele glückliche Menschen vorbeigehen: ist das nicht Glück genug? Und vielleicht, nein, gewiss kommt heute abend, ganz spät, noch jemand und nimmt mich mit, steckt mir Lichter an und schmückt mich. Nach der Heide will ich nicht zurück.«

Das Zwerglein bat und bat, aber Stiefelknecht sah nach den Kindern, die jubelnd vorbeistürmten und hörte nichts.

Da ging es wieder zu seinem schwarzen Rösslein und ließ sich nach dem Hafen fliegen. Der Spielvogel, an dem sein Herz am meisten hing, würde ihm treu bleiben, das hoffte er von seinem Lieblingsbäumchen. Aber am Hafen war kein Spielvogel mehr zu entdecken. Das Schiff wäre schon in See gegangen, erfuhr die Krähe von einigen weitläufigen Verwandten, weißen Möwen, die über dem Wasser schwebten.

»Dann seewärts«, befahl das rote Männchen. Die Krähe flog westwärts über Wasser und Deiche und Schiffsmasten hin, aber als sie bis Cuxhaven gekommen war, setzte sie sich nieder, denn auf die große, endlose See zu fliegen, getraute sie sich nicht. Doch rief sie eine große Seemöwe herbei, die breitete ihre weißen Schwingen und trug das Männchen stolz und schnell über das dunkle, schäumende Meer, bis weit hinter Helgoland. Da tauchte ein einsames Schiff in den Wogen auf und ab und wurde von einer Seite nach der andern geworfen. Der Wind blies gewaltig in die großen, braunen Segel. Auf dem Topp, der höchsten Spitze des Großmastes, tanzte ein kleines Tannenbäumchen im schneidenden Wind auf und ab: das war Spielvogel. Er lachte hellauf und schüttelte die Zweiglein vor Lust, wenn eine Sprühwelle zu ihm heraufspritzte. Und guckte einer der Matrosen zu ihm hinauf, so nickte er ihm freudig zu.

»Armer Spielvogel.«

»He, he, Männlein klein, bist du's?« rief Spielvogel. »Hier ist es lustig, nicht?«

»Komm mit nach der Geest.«

»Nein, nein, nein! Ich bin Weihnachtsbaum, der schönste Baum auf Erden. Und was kann schöner sein, als Weihnachten auf See. Grüß die Heide! Ich muss singen!«

Und Spielvogel sang, so laut er konnte, dass die Matrosen mitsingen mussten und Träume von Land und Licht träumten.

* * *

Da sah das rote Männchen ein, dass es seine sieben Tannenbäume verloren hatte, es dachte daran, dass es nun ohne Wegweiser über die Geest irren müsse, dass niemand mehr da sei, der es vor Regen, Sonne und Wind beschützen könne, der ihm vorsinge, der ihm beim Stiefelausziehen helfe, der es durch sein Kinderspiel erfreue, – der Berg war so kahl, Regen drang in seine Wohnung, – armes Männchen! Mit einemmal breitete es die Arme aus, rutschte von den Möwenflügeln und stürzte sich in das dunkle Wasser hinab.

Seit jener Nacht schwimmt ein seltsamer, leuchtender Fisch in der See. Die Fischer nennen ihn das Petermännchen und halten es für etwas Besonderes, wenn sie ihn fangen.

Eine Weihnachtsfahrt

Während eine Woge nach der andern schwer gegen den Schiffssteven stieß, als sei sie von Eisen, und die Sprühflagen heftig auf das Deck niederbatzten, als habe der gute, alte Heben ein Leck gekriegt; während das Wasser kochte und bruddelte und der gedrungene, grünbugige Fischerkutter bald trotzig und verwegen stampfte und bäumte wie ein junger Bulle, den die Jungen necken, bald auf und ab jagte wie ein armes Häslein, das sich von einer Rotte bellender, geifernder Jagdhunde verfolgt sieht, umstellt und umwütet, während Deck und Luken nichts als Schaum und Gischt waren, während die Schoten hart und ungestüm mit den Segeln kämpften und es von den Wanten, Fallen, Tauen und Giekbäumen troff und strömte, – lag Hein Gröhn wohlig gedehnt in der Knechtenkoje und ließ einen schönen Traum über sich ergehen.

Bei ihm war Sonntag und Kirchmess dazu, – drüben auf der andern Seite der Elbe, zu Nienstedten. Um die grüngedachte Kirche herum standen die Zelte und Reitbuden, wie Hein deutlich sah. Er hatte sein bestes blaues Marinerzeug angezogen und segelte mit dem Boot bei gutem, raumem Wind hinüber. Vor ihm, auf der Mastenducht, saß Gesine Husteen, seines Schiffers dralle Deern … Still war es und hell, und die Elbe ebbte ruhig mit ihren Dreuchewern seewärts. Gesine blickte ins Wasser und nickte ihrem Spiegelbild mitunter lachend zu. Sie war ganz in Weiß, recht wie eine Braut, und trug Kornblumen auf der Brust … Gerade segelten sie über den Fall, und das Boot scheuerte ganz gemächlich durch die Binsen und das Reet, – da dachte Hein, einen kleinen Streek zu machen, und er zog Gesine an sich, um ihr einen Süßen aufzudrücken.

»Hein–n–n! Höh–h–h!« rief mit einemmal eine Stimme.

»Wokeen is dat bloß?« fragte Gesine und wollte ihm entschlüpfen, aber er ließ sie nicht los.

»Lot dat wesen, keen't will«, sagte er patzig und hob ihr das Kinn in die Höhe.

In diesem Augenblick aber hatte Klaus Fock, der Junge, das Gröhlen an Deck satt bekommen, er riss die Kapp auf, kam holterdipolter die Treppe herabgestampft, schob kurzerhand die Kojentüren zurück und fasste den Träumer derb an.

»Is so wiet, Hein! Du müsst de Wacht nehmen!« rief er, und der Nienstedter Kirchturm kam Hein Gröhn mit einem Mal aus Sicht.

»Jo, jo!« knurrte er.

Das hörte sich keineswegs freundlich an, aber der Junge verlangte auch keine Freundlichkeit von ihm; der schrob die Lampe hoch und suchte im Brotschapp nach dem Roggenknust.

»M–m! Kinners! M–m!« ... damit schwang Hein sich schwerfällig aus der Koje, setzte sich auf die Wandbank, die den Wandbetten halbmondförmig vorgebaut war, und langte nach den Seestiefeln und nach Ölrock und Südwester. Weiteres anzuziehen, hatte er nicht nötig, denn die Seefischer schlafen während der Fahrt in voller Kleidung, damit sie jeden Augenblick klarstehen können, wenn es nötig sein sollte.

»Wo lot is't, Klaus?«

Der Junge, der sich freute, dass er nun schlafen konnte, begann im Nachtwächterton zu singen: »De Klock is twee, twee is de Klock.«

Das war schiefer Wind für den Knecht.

»Non, non, denn hebbt wi dat jo all. Weest, wat wie schriewt, Klaus? Den 24. Dezemmer! Wihnachten is't, Wihnachtenobend! Nu kunnen wi bi Hus wesen, und nu müssten wi bi Hus wesen – un woneem sünd wi?«

»Achter't Land«, war Klausens seefischerliche Antwort.

»Achter Hilgoland, sühst du woll! Un de Wind steiht noch eben so scheef um de Huk?«

»Is noch scheeber worden!«

»Ooskroom dat. Schiet! Denn könnt wi de Elw nich holen, denn geiht dat heuchstens no de Wesser. Wihnachten up Bremerhoben, in 'n Tingeltangel!«

»Ik wür ok leeber bi Hus, güng giern mol obends no Kark. Dat is so scheun, wenn all de Lichten brennt«, sagte Klaus verträumt und guckte sehnsüchtig in das eine kleine Lampenlicht hinein, das noch dazu recht trüb brannte.

»Un he dor boben, wat uns Kappen is, de steiht Tross an 't Ruer und lett em klüsen, wat? Vogel hett he, wieder nix,« rief Hein ärgerlich, schlug mit der Faust auf den Tisch und begab sich hinaus.

Der Junge aber zog die Decke über die Ohren und högte sich über ihn.

* * *

Mit dem brummigsten Gesicht von der Welt turnte der Knecht an den Wanten entlang nach dem Besanmast. Auf seiner Unterlippe hätte ein Schock Hühner Platz gehabt, so weit war sie vorgeschoben.

Es war aber auch eine Gelegenheit danach! Ein Wetter, um Pferde zu stehlen, aber nicht um zu segeln und zu fischen!

Ein steifer Wind heulte in Flagen durch die Wanten, und es goss in Strömen wie aus Schlachtermulden. Der Kutter lag sehr schief vor dem gewaltigen Druck des Windes und holte weit über, spudderte und schüttelte sich wie ein Hund, der aus dem Wasser kommt, dann nahm er wieder die Seen an und wühlte sich seinen düstern, wetterleuchtenden Weg wie ein Torpedoboot.

Am Ruder stand Harm Husteen, der lange, breitbeinig und ließ die Augen zwischen den Segeln und der See hin und her springen. Klöternass war er wie ein Seehund, aber seine Laune hatte das noch nicht verwüsten können.

»Solang ik leew, solang lach ik!« war sein Spruch, den er auch im Sturm nicht vergaß.

»Meun, meun, lütt Hein«, lachte er seinem Bestmann entgegen. »Hier ward 'n warm bi, kann ik di seggen! Kiek mi mol in de Snut!«

Sein Gesicht glänzte im Schein der Kompasslaterne auch wirklich sehr, aber Hein sagte trocken: »Jo, jüst as 'n Sirupskringel sühst du ut!« und ergriff eine Kette, um einen Halt zu haben, wenn etwa eine Sturzsee anbrüllen kommen sollte.

Für eine Weile halloten und hurraten wieder Wind und Wasser allein. Ängstlich knarrten die Gaffeln, und der Regen rauschte gegen die schwarzen Segel. Über den Setzbord aber prieselte und schwappte das Wasser.

Harm, im Steuergang, watete immer knietief im Wasser, denn die Löcher konnten es nicht schlucken.

»Hein! Lütt Hein, mok nich so'n dumm Gesicht. Wenn de See di wat dohn will, stoh ik di bi! Wees man nich bang!«

»Bang! Ik bün nich bang!« schnauzte der Knecht und setzte mit Nachdruck hinzu: »Ober hier up See rümswalken un Seils twei rieten, dat deiht ok jüst nich neudig! Anner Lüd sünd binnen.«

»Teuf't man af, lütt Hein! Bums, ward't stiller, wi fett de Kurr ut un fischt uns 'n scheune Reis«, lachte Harm.

»Och wat,« gnitzte der Knecht und nahm die Kette kürzer, denn die Seen wurden naseweiser.

Es war, als wenn ein großer Herr Jagd abhielte auf der nachtdunkeln Nordsee. Wie spürten und schnupperten, wie sprangen und kläfften seine Hunde, wie lärmten seine Treiber! Hein packte wieder der Ärger.

»Dreih doch um, Mann! Wat schall so'n Fohrt? Hier is nix mehr to beschicken!«

Harm aber sagte gelassen:

»Bün ik Schipper, lütt Hein, oder du?«

Da drehte Hein sich wieder um und dachte sich seinen Teil.

Es kam dem Wind bei, noch mehr als bisher nach Norden zu laufen. Die See wurde gröber und ochsiger als zuvor. Auch kälter wurde es, der Heben wurde dunkler, bezog sich mehr und mehr mit schwarzem Gewölk, und mit einemmal fing es an zu schneien. In langen, nassen Flocken streute, schleuderte der Wind den Schnee herab. Deck und Luken hielten die Wogen blank, aber die Masten, das Boot und das Nachthaus bestellten sich weiße Litzen und bekamen sie.

»Nu ward't Wihnachten!« gröhlte der lange Schiffer.

»Wihnachten is jo all bald vörbi«, erwiderte der Knecht giftig und wischte sich die kribbelnden Flocken mit dem Fausthandschuh von der Nase.

»Non, denn fang man an to bölken,« riet der Schiffer.

Der Knecht brummte etwas Unverständliches von der Art des braven Hummels.

»Du sühst ut as 'n Sneekirl, lütt Hein. Junge, jo, dat ward fix sneen. Wenn't so bi bliwt, rüscht de Jungens morgen den Diek hendol mit jümmer Kreeken und Peeken.«

Da begehrte Hein wieder auf.

»Jo, un allerwärts brinnt de Dannenbäum. Bloß wi sitt in'n Düstern!«

Harm kriegte das Lachen wie einen Hustenanfall.

»Dreug de snapplangsten Tronen man af, lütt Hein. Ik back di ok 'n poor Poppen in uns ol Klütenpann, schallst mol sehn, wat de fein smecken ward. Un in'n Düstern sitt wi noch lang nich. Lichten genog. Kiek di um: een geel hier klangen den Kumpass, rot und greun an de Wanten, in Lee dat witte Hilgolanner Für! Jowoll, jowoll: up See is't ok Wihnachten. Un du schallst Kojees speelen, du schallst de Wihnachtsmann wardn, lütt Hein. Mit so 'n Gesicht kannst du ok grote Lüd bang moken.«

Der Knecht trat einen Schritt stevenwärts und zog den Südwester tiefer ins Gesicht, aber er erwiderte nichts darauf.

»Du büs jo bannig dull no de Elw, lütt Hein! Hest woll dien seute Melkdiern versproken, Wihnachten bi ehr to slopen!« stichelte Harm – und da ging es dem Knecht wie Flutstrom durch den Kopf: nun sprichst du, nun sagst du, wie es steht, er mag es aufnehmen, wie er will, und sagen, was er Lust hat. Heraus muss es sowieso: da wird es das Geratenste sein, dass es jetzt geschieht – auf See! Düster ist es auch, so dass er dein Gesicht kaum erkennen kann. Sagt er ja, gibt es eine Bratenhochzeit bei Trina Pnitten (Mest un Gobel mitbringen!), sagt er nein, gehen wir zu Peter Fick und mustern komodig ab.

»Dat hebb ik ok!«

Der Schiffer schlug einen bedauernden Ton an: »Och, och, och! Jo, lütt Hein, denn büst du to bedurn, hier buten up See. Ober ik gläuf dat nich, nee, ik gläuf dat nich, du wullt mi wat upbinden. Wokeen schull di woll nehmen? Wokeen schull den lütten Hein Gröhn woll lieden mögen?«

So hatte der lange Harm schon öfter gefragt und gespottet, seit die beiden zwischen Fanö und Borkum die Schollen und Zungen belauerten und den Meeresgrund eggten: – diesmal aber guckte Hein scheinbar angelegentlich nach dem Helgoländer Feuer und sagte halblaut:

»Dien Gesine, wenn't weeten wullt!«

Harm sollte es hören: er hörte es auch.

Zunächst luvte er etwas mehr auf, damit der Kutter einen steifern Nacken bekam, denn er war auf den Stoß bedenklich tief gefallen.

»Mien Gesine, seggst du?«

»Jo, de is mien Brut all twee Johr!« rief Hein durch den Wind und machte ein Gesicht wie sein Vater, wenn er Kleeberbauer beim Skat ausspielte.

»Grot Husteen und Lütt Gröhn: dat is jo 'n scheune Tass Tee,« rief Harm. »Un dat seggt ji nich?«

Hein nahm es für Ernst.

»Wihnachten wulln wi't seggen,« gab er zur Antwort.

Harm guckte geschäftsernst auf den zitternden Kompass. »De Wind löppt jümmer mihr nördlicher«, sagte er mehr zu sich selbst und setzte die Stroppen um, mit denen er dem Helmholz Gewalt antat. Darauf hielt er scharfen Oberkiek über Luv und Lee, als müsse irgendwo etwas geschehen sein. Das war eine Sache, die sich neben dem weißen Kachelofen in seiner Dönß am Deich weit besser hätte abmachen lassen, als hier in der Nacht achte Helgoland.

»Wat hest du denn nu för 'n Antwurt?« fragte der Knecht halb abgewendet.

»Du meenst woll, ik schall Jo und Amen seggen, wat?« fragte der Schiffer dagegen.

»Dat dachten wi, Harm,« sagte Hein fest.

»Kiek an: wi! He und se! Herr un Madam! Nee, Moot, so licht i–st se nich bi Gierd Eitzen. Wat hest du, wat kannst du?«

»Fischen kann ik!«

»Stimmt, seggt Eddelbeutel! Fischen! Un wo lang büst du bi mi? Dree Johr!«

Da erwachte aber der Trotz des Knechtes und er ward der Bemerkungen satt.

»Segg jo oder nee, Harm. Anners kannst di anner Reis 'n annern Knecht seuken!«

»Höh, höh: so kreiht de Hohn?«

»So kreiht he!«

So auf den Stutz wollte das Hahnenkrähen dem langen Schiffer aber noch nicht in den südwesterbedachten Kopf, er blickte erst noch einigemal scharf nach der Grotgaffel hinauf und stellte sich einen halben Schritt weiter nach Steuerbord hin. Er schob das Büffelhorn, das sonst den Daak verschrie und nun im Nachthaus stand, etwas weiter in die Ecke, damit es nicht herausfallen konnte. Schließlich wrang er umständlich seine Fausthandschuhe aus.

Dann aber war er soweit fertig, dass er sagen konnte: »Denn fot man mol dat Ruer an!«

Sie lösten einander ab.

»Fischen können und Dierns lieden mögen, is nich genog, lütt Hein! Bang döt de Minsch nich wardn un wogen mütt he wat!«

»Dat vertill dien Grotmoder, mi brukst du dat nich to seggen,« brauste Hein auf, aber Harm beschwichtigte ihn, indem er sagte:

»Hein, hür to: 'n ornlichen Kirl, ober 'n Kirl un 'n ornlichen, de kriegt mien Diern, un wenn he wieder nix hett as Hemd un Büx. Mol sehn, wat du kannst! Bit morgen föhrst du dat Fohrtüch alleen, un wenn wi denn den Kupp noch boben hebbt und hebbt noch all de Seils, denn snackt wi wieder ober Brut un Brögam. Gunnacht, lütt Hein.«

Damit ging der Schiffer schlauen Gesichts nach vorn und kletterte unter Deck.

***

Hein blieb allein am Ruder und guckte verwundert nach der Kapp. Was hatte das zu bedeuten? Hinter dieser Rede und hinter dieser Nachtwache steckte etwas Besonderes, oder er kannte den langen, streichelustigen Harm Husteen erst seit gestern. Nachdenklich guckte er über See und Schiff, und mit einemmal lachte er herzhaft auf, denn nun wusste er Bescheid.

Fester umklammerten seine Hände das Helmholz des Ruders, dann passte er einen flauen Augenblick ab und löste in frohem Trotz die Stroppen ...

Wie Meister Reineke in seinem Bau, so saß der Schiffer drunten in der Kajüte auf der Bank, trank schmunzelnd aus seiner blaugeränderten Kaffeemuck und lauerte.

Er meinte, die Sache gut eingefädelt zu haben. Hein war ihm gar nicht unpass als Tochtermann, er war ein sturer Fischer und auf See und an Land gleich gut zu gebrauchen – aber gleich merken lassen?

Hein konnte den halben Kutter bekommen und um das Halbe mit ihm fahren – aber gleich sagen? Nein: erst wollte er sehen, ob Hein plietsch genug war, Gedanken zu lesen.

Im Bett aber lauerte es sich besser, wie ihm einfiel, und er zog die Stiefel aus, legte das Ölzeug ab und packte sich in die Koje.

Siehst du wohl, hätte er beinahe laut ausgerufen, als die Schoten wie wahnsinnig mit den schweren Blöcken zur Kehr gingen und er an diesem Zeichen merkte, dass Hein aufluvte. Sie rissen und schlugen noch erregter, – die Segel erhoben großen Lärm, die Gaffeln knarrten heftig, das Schiff tauchte ungestüm und wild auf und ab. Harm wusste, dass der Kutter in den Wind gelaufen war, und richtete sich jählings auf. Wenn es nicht klarging, wenn es der tollkühne Knecht in Fock und Besan versah? Sprungbereit wollte er jedenfalls sein!

Harm flog beinahe aus der Koje, als die Giekbäume nun überwuchteten und der Kutter den andern Bug nahm.

»Gotts verdori, he hett 'n rüm«, rief Harm anerkennend, dann aber sprang er doch aus der Koje, denn der Kutter fiel schief, als liege er platt auf der See, und als könne er nicht wieder in die Höhe kommen. Es ging verkehrt, es ging verkehrt! Er musste helfen, musste an Deck! Rasch suchte er die Stiefel her, aber kaum dass er sie anhatte, da richtete das Schiff sich langsam und hoch auf. Das Wasser gurgelte und kochte heftiger vor dem Steven, aber das Dümpeln wurde minder. Stetig wogte der Kutter hin und her, als schöben die Seen ihn wiegend vorwärts.

Harm zog die Stiefel wieder aus und stieg abermals in die Koje.

Was war geschehen?

Der Knecht hatte gewendet, hatte den Kutter in der schweren See herumgekriegt, ein gefährliches Wagnis! Ohne einen Mann bei der Hand zu haben! Statt nach der Doggerbank, wies das Bugspriet nun nach Südosten. Mit räumen Schoten klüste das Fahrzeug auf die Elbmündung zu, der Weihnacht entgegen.

Meuterei war's! Harm Husteen strich mit der Hand über die Bartstoppeln und überlegte, was er tun sollte. Diese Kühnheit hatte er Hein nicht recht zugetraut, aber gedacht hatte er doch daran, als er ihm das Ruder übergeben hatte! So ein Gedankenleser! So ein Kerl! Er wollte an Deck und losballern, Hein abkanzeln! Oder sollte er hinaufgehen und ihm sagen: Dat hest god mokt? Das ging auch nicht …

Aber getan werden musste etwas, das fühlte er, und weil der Kalender schon abgerissen war, weil er die Uhr schon aufgewunden hatte, und weil er sonst kein Stück Arbeit in den Ecken liegen sah, so weckte er in seinem Eifer den armen Jungen, der an der ganzen Sache doch gewiss am unschuldigsten war.

»Wat is dor los?« fragte der schläfrig.

Ja, – das war nun eine Frage besonderer Art. Was war da los? Harm besann sich.

»Du kannst vunabend Wihnachtsmann speelen, Klaus«, sagte er dann eifrig.

»Dat harr ik morgen ok noch freuh genog to weeten kregen,« knurrte Klaus und setzte hinzu: »Hier an Burd oder to Bremerhoben?«

»Nee, Klaus, an'n Elwdiek. Wi hebbt em rümkreegen. Morgen sünd wi bihus.«

»Non, denn speel ik Kojees,« sagte Klaus befriedigt und legte sich das Kopfkissen zurecht.

Hein Gröhn aber sang in dieser stürmischen Nacht laut alle Lieder, die er wusste. Er sang nur, wenn es laut in der Luft und auf dem Wasser war, und wenn er allein an Deck stand, sonst nicht. So tun viele unserer Fischerleute, und es ist seltsam, sie beim Fischen oder beim Segeln in der Einsamkeit der See laut singen zu hören …

Als der Morgen graute, kamen die Feuerschiffe in Sicht, Neuwerk, Scharhörn, Kugelbake, die Alte Liebe, Buschsand, alles wurde schnell passiert. Der Kutter flog wie eine Seemöwe vor dem Winde. Harm aber war noch nicht an Deck gekommen.

Unter schweren Flagen wühlte der Kutter weiter. Die Oste, Altenbruch, Balje, Brunsbüttel kamen zum Vorschein. – Harm blieb unsichtbar. Der Zollkreuzer kam längseite, und die Beamten ließen sich von Hein, den sie für den Schiffer hielten, den Proviantzettel ausfüllen. Klaus machte Schollen zu und schälte Kartoffeln.

Harm stieg nicht aus der Koje, und Hein ging nicht vom Ruder, auch fragte keins nach dem andern, obgleich doch der Junge bald oben war, bald unten, bald mit dem einen sprach und bald mit dem andern und sich sehr wunderte. Über den Knecht, der so lange das Ruder behielt, und über den Schiffer, der gegen seine Gewohnheit nicht aus dem Bett finden konnte.

Aber es war ein stillschweigendes Übereinkommen zwischen Schiffer und Knecht. Sie trieben Komödie selbander und spielten Verstecken wie die Kinder in Heu und Stroh. Jeder freute sich insgeheim auf das Gesicht, das der andere machen würde, wenn die Geschichte an den Tag kam.

Zu Juels war es Mittag, und die von Klaus krosch gebratenen Schollen riefen. Aber auch sie konnten die beiden noch nicht zusammenbringen: Harm aß im Bett und Hein auf der Achterplicht.

Schon von der Lühe an flaute der Wind gehörig ab, und beim Swiensand verlor er seine ganze Kraft. Zugleich wurde es kälter und begann stark zu schneien.

Der Kutter verlangsamte seine Fahrt unter den Bergen immer mehr, so dass er Finkenwärder doch erst in der Dämmerung erreichen konnte. Blankenese hatte schon ein weißes Weihnachtsgewand übergeworfen, und die Elbe wogte dunkel und feierlich.

Die Glocken begannen zu läuten und zur Abendkirche zu rufen. Allerwärts glommen Lichter auf wie im Märchenland.

Der Deich war weiß wie eine Tischdecke, und alle Häuser grüßten mit freundlichem Schein über das Wasser.

So standen die Dinge, als Harm Husteen langsam an Deck kam. Er hatte die Glocken läuten hören. War das aber der große Lärmmacher von sonst? Es war wohl kaum möglich.

»Dat süht jo ornlich no Wihnachten ut,« sagte er ruhig und gelassen und wies nach dem Deich.

»Deiht't ok,« erwiderte Hein ebenso ruhig und sah ihn offen an.

»Non, Klaus, denn lot den Draggen man fallen«, rief Harm heiter, und sie machten sich schnell an das Dalnehmen der Segel. Zuletzt setzten sie das Boot vom Deck, packten Fische und Zeug hinein, kletterten nach und stießen vom Kutter ab.

Nach Seefischerbrauch hätte der Junge wriggen müssen, aber Hein nahm ihm den Riemen aus der Hand und tat sein Bestes.

»Du schipperst em to sinnig,« lachte Harm in bester Laune.

Unser Ewer

Und mitten in dem Leben
wird deines Ernsts Gewalt
mich Einsamen erheben,
so wird mein Herz nicht alt.
Eichendorff.

Etwas Wunderliches ist es: fast immer, wenn ich auf der Elbe bin, begegnet mir ein helgenneues Fahrzeug, eine schwarzglänzende Kuff mit weißem Relingsstreifen, grünem Roof und gelben Masten, in die die Mastbänder und das Wetter noch keine Runen eingeritzt haben, mit hohen, weißen Segeln, die leuchten, als wenn sie noch keinen Südwest geschmeckt hätten – meines Großvaters Schiff, wie es auf dem verblichenen Bild des holländischen Zeichenmeisters zu sehen ist, das bei uns auf dem Neß in der besten Stube, der Dönß, über der Altenländer Bank hängt. Wohl weiß ich – und nicht nur aus dem Seeamtsspruch, – dass jene schwarze Kuff, der »Demant«, vor fünfundsechzig Jahren auf der Höhe von Blaavandshuk mit Mann und Maus untergegangen ist, aber dennoch bricht jedesmal ein heller Strahl aus meinen Träumen hervor, und es spricht vernehmlich zu meiner Seele: das ist Großvater. Und gegen diese tiefe, mächtige Empfindung kommt meine Vernunft einfach nicht auf: sie muss zu Anker gehen. Eigentümlich genug ist es, dass das Fahrzeug gewöhnlich immer so weit entfernt ist, dass ich weder den Namen, noch den Heimatsort lesen und weder den Schiffer, noch den Jungen erkennen kann, so dass das Flugzeug »Einbildungskraft« zu schalten vermag. Wenn ich allein am Ruder stand und die weißen Segel dwars hatte, dann kam mir wohl sogar der wunderliche Einfall, die Hände um den Mund zu legen und halblaut über das Wasser zu rufen: Höh, Grotvadder! Oder ich winkte mit der Hand, wenn ich das Helmholz nicht loslassen wollte.

Aber ich will von gestern erzählen. Da traf ich die Kuff wieder, diesmal bei der Kirche zu Nienstedten. Sie steuerte elbabwärts und kam bei dem raumen Wind mit weitabgefierten Schoten und weitausgebreiteten Segeln langsam heran, weil sie gegen die Flut fuhr. Ich richtete mich auf der Achterducht auf, als ich merkte, dass sie diesmal ganz nahe vorüberkommen musste und legte das Ruder noch mehr nach Luv. Unverwandt blickte ich sie an, das Bugspriet, den Stampfstock, den starken Steven, die großen Klüsenaugen, deren Ausdruck – denn jedes Schiff hat Ausdruck in diesen Augen, liebes Mitteldeutschland! – mich lebhaft an unser gemaltes Bild erinnerte, die riesenhaften Segel, die wie Sommerwolken über dem Wasser schwebten, die prächtigen Masten, den grünen Roof, das braune Boot und alles. Der Junge saß geruhig auf den Luken und schälte Kartoffeln. Er war ein schlanker, sehniger Mensch mit hellem Haar. So mochte mein Oheim Jan damals ausgesehen haben, als sie in Bremerhaven nach Kopenhagen ausklarierten. Am Ruder aber stand ein grauer, untersetzter Schiffer mit kurzem Kinnbart, der meinem Großvater ähnlicher sah, als ich gemeint hatte. Er mochte gemerkt haben, dass ich ihn anstarrte, denn er blickte mich wieder an, dass ich innerlich zusammenfuhr. Ich war nun so dicht bei ihm, dass ich ihn mühelos hätte anrufen können, aber ich schwieg und rührte mich nicht. Wie eine große, schöne Erscheinung zog das Schiff vorüber, und erst als es kleiner und kleiner geworden war, fiel mir jäh ein, dass ich nicht nach dem Namen und dem Heck gesehen hatte.

Nun war es zu spät dazu. Ich war mittlerweile aus der segelreichen Norderelbe in den minder belebten und minder bewegten Köhlbrand hineingefahren und segelte schon zwischen den Torfewern und Jalken, sah schon die Reethäuser von Neuhof, das weiße Schulschiff von Waltershof und die Jollenmasten von Altenwerder. Danach fuhr ich in die stille, kaum gekräuselte Süderelbe hinein. Segeln konnte ich das Vorwärtsschleichen bei dem flauer gewordenen Winde freilich schon nicht mehr nennen, aber die Flut trug mich ja auf ihren blanken Mädchenarmen.

Der Heben hatte sich mehr und mehr bezogen und war zu einem undurchdringlichen Grau geworden, das nicht einmal eine Bewegung des Gewölks mehr erkennen ließ. Auch auf dem Wasser war es diesig geworden. Die Kimmung war in die Wolken gelaufen. Die Süderelbe hatte wieder an sich selbst genug und ließ nur einige Fischerkähne an ihrer Einsamkeit teilnehmen. Auf beiden Seiten wurde das Ufer durch Wischen und Kneien gebildet. Weit hinter ihnen und den krummen Wicheln stiegen erst die Sommerdeiche auf. Bauerngiebel und Strohdach versteckten sich griesgrämig hinter Linden und Nussbäumen. Auf den Wiesen erhoben einige Schafe die Köpfe, als sie mein Segel sahen, und eine Elster flog schwungwippend nach den fernen Eschen hinüber. Sonst schienen ich und mein Boot allein auf der Welt zu sein. Von den Deichen kam kein Laut und kein Geräusch, wie ich auch die Ohren auftat. Ob es dahinten keine Kinder gab, laute Gören wie bei uns am Elbdeich, wo man Mühe hatte, sein eigenes Wort zu verstehen?

Ich schlich erbärmlich dahin, dass mich ein schwimmender Frosch leicht hätte überholen können. Das Wasser war wie überglast und schien den Steven des Bootes nur widerwillig durchzulassen. Das Glucken hatte schon lange aufgehört, und damit war mir eigentlich recht die herzlichste aller Empfindungen beim Segeln schon genommen worden. Meine kleinen Wellen wurden wie von unsichtbaren Händen schnell wieder ausgelöscht und glattgestrichen. Regungslos saß ich auf der Ducht und ließ die Augen wandern, die diesmal nichts mit der Windrose und sehr wenig mit dem Lappen zu tun hatten. Mitunter knarrten die Blöcke des Halses wie in Traumen.

Ich war still und beklommen geworden und wurde es um so mehr, je weiter der Strom mich schob. Denn ich war auf der Suche nach unserm Ewer, unserm getreuen, guten, alten Ewer, den sie mir verkauft hatten, als ich grübelnd in der Schreiberei am Dovenfleet saß und auf einen Ausweg aus dem griesen Nebel sann, verkauft an einen Ewerführerbaas, der ihn zu einem Schutenprahm und Winschenträger umbauen lassen wollte, weil er zum Abschlachten doch noch zu gut war. Als ich gestern aus Hamburg gekommen war, hatten sie mir nicht einmal genau sagen können, wohin der Ewer geschleppt worden war. Ich hatte aber nicht geruht, bis ich es erfahren hatte. Und dann hatte ich keine Ruhe gehabt, bis ich das Segel vom Boden geholt und das Boot zu einer Suchfahrt klar gemacht hatte. Ich musste mich von unserm alten Ewer verabschieden, wie die andern auf dem Neß sich von ihm verabschiedet hatten. Nun war ich auf dem Wege zu ihm.

Die graue Luft kam mir gelegen, denn die helle Sonne hätte mir an diesem Tage weh getan, wenn sie mich beschienen hätte.

Starr sah ich nach dem Topp meines Mastes und darüber hinaus in das graue Gewölk, als ich wusste, dass ich ungefähr weit genug sein musste, dass rechts voraus die Werft dämmerte, neben der unser Ewer liegen sollte. Ich sah den Jammer immer noch früh genug. Und immerhin: ich konnte ja noch umkehren, ohne ihn gesehen zu haben. Ich zögerte eine Weile in Gedanken, dann warf ich das Ruder herum, ließ das Boot sich drehen und sah auf.

Zunächst bemerkte ich nur eine Reihe dicker, kahlgeschlagener Wicheln, die wie Angler am Wasser standen und sich nicht rührten. Dahinter aber tauchte ein Mast auf, zwar nur noch ein abgesägter, halber, aber doch ein Mast, den ich an seiner Sprenkelung und Abscheuerung unter allen hundertzweiundzwanzig Großmasten der Niederelbe erkannt hätte, auch wenn ich den hochgewölbten Steven mit den grünen Klüsenbacken, den schwarzen Klüsenaugen und dem weißen Bug, das Gesicht des Fahrzeugs, nicht gewahrt hätte, das mir vertraut war wie das Gesicht meiner nächsten Verwandten.

Es war der Ewer.

Ja, er war es und warm lief es mir über die Backen, als ich ihn wiedersah, so abgerupft und abgetakelt, abgewrackt und haveriert, so kläglich und erbärmlich wiedersah, meinen Ewer, den ich die Nacht zuvor im Traum noch groß und machtvoll in der unsagbaren Schönheit des Segelfahrzeuges mit allen braunen Lappen auf der weiten Nordsee dümpeln und kreuzen gesehen hatte.

Entmastet und abgeschlachtet lag er im schmalen, seichten Schlickgraben, der sich sonst an den Fischerbrücken von Altona und St. Pauli, an den Kajen von Geestemünde und Bremerhaven, an der Schlachte von Bremen, an der Alten Liebe von Cuxhaven, auf der Reede von Helgoland und auf den Schallen von Finkenwärder gesonnt und wohlgefühlt hatte.

Was da sonst noch herumliegen und umherstehen mochte, durften Bäume oder Schiffe sein. Ich bemerkte sie nicht. Alles verging vor dem Ewer. Ich sah nur ihn und sein trauriges Schicksal.

Es war mir, als recke es sich, und als dränge und stöhne und schluchze es um mich und unter mir, als fühle mein Boot, das kleine

Kind, die Nähe seiner großen Mutter, als riefe es nach ihr und als breite es die Arme nach ihr aus.

Auch über den Ewer aber kam es wie ein tiefes, schweres Aufatmen, wie ein müdes Aufwachen und Wachwerden, wie ein langes Dehnen, dann wie ein mühsames Erkennen. Und wie vom Grunde der Elbe her, wie aus einem Grabe heraus rief es: Gorch, sünd ji dat? Und ich antwortete leise, wobei ich nickte: Jo, mien leebe Eber, wi sünd dat!

Ich legte an und es ergriff mich wunderlich, zu sehen, wie dicht das Kind sich an die Mutter schmiegte, und wie fest sie es an sich zog, wie fest. Überwältigt blieb ich auf der Ducht stehen und wanderte das Deck zunächst mit den Augen ab, das kein Fischergerät mehr hatte und auf dem nur wirre Haufen von Sägespänen lagen, Splitter, Bretter, Lukenreste und Eisenteile. Wo die Eisplicht gewesen war, da erhob sich schon eine vierkantige Motorbude, die kein Plattdeutsch mehr verstand. »Zutritt verboten!« stand wirklich und wahrhaft schon an der Bordseite. Ich hätte mich in die Ecke verkriechen mögen und heulen wie ein Hund, als ich das las. Die Schwerter waren ihm von den Seiten gerissen, wie einem Kriegsmann, der nicht tapfer gekämpft hat. Das Bugspriet und der Besanmast fehlten auch.

Dennoch war der Ewer noch nicht tot; ob auch schwerverwundet, lebte er dennoch noch. Ich sah es, wie er mich mit seinen großen Augen verzweifelt und todestraurig anblickte. Dann stieg ein verlorenes Lächeln in seinem Gesicht auf, und er sprach leise auf mich ein, als läge er irgendwo im Krankenhaus, und als säße ich an seinem Bett. Und wie ein Todkranker immer schon wie aus der Ferne spricht, so sickerten seine Worte in meine Ohren.

Dat is got, Gorch, dat du mol kummst un mi besöchst. Du vergittst mi ne, Gorch, un wenn se all ne mihr an mi dinken dot. Ik hebb dat woll weten un hebb all minnichen Dag up di teuft. Gorch, Gorch, wat seggst du nu? Ik kann di seggen, se hebbt mi in de Mook un dot dor wat an. Kinnst mi woll kum noch wedder, wat?

Ich konnte nichts darauf sagen, auch in Gedanken nicht. Ich griff nur wie in einem Einfall nach einem Tau, das vom Setzbord herabhing, und strich darüber hin. Dann schwang ich mich unhörbar aus dem Boot und ließ den Ewer weiter sprechen.

So müssen wir uns wiedersehen, Gorch Fock! Kiek mi man eulich an, mien Jung! Ich bin kein Fischerewer mehr, bin überhaupt kein Fahrzeug mehr, bin nur noch ein totes Schleppzeug, ein wüstes Wrack, ein mürbes Stück Holz und weiter nichts. Sie sind Tag für Tag mit Sägen und Äxten, mit Beilen und Kuhfüßen auf mir und in mir zugange, und ich liege an Ketten und kann mich weder wehren, noch kann ich mich rühren, ich muss alles ohnmächtig über mich ergehen lassen. Die Besan haben sie mir aus dem Leibe gerissen: da hinten im Graben liegt sie im Wasser. Was sie damit machen wollen, weiß ich nicht. Den Großmast haben sie abgesägt. Der schöne, bunte Flögel liegt auf der Helling zwischen den Sägespänen und ist schon gänzlich zerrissen und zertreten, Gorch. Nein, geh nicht hin, such ihn nicht! Ich habe keine Segel mehr und nur noch die zwei Wanten, habe keine Gaffeln und kein Bugspriet mehr, keine Kapp und kein Nachthaus, kein Spill und keine Winsch, keine Kurre und keinen Baum, keinen Block und kein Schwert mehr.

Ich wusste es. Meine Gedanken stellten alles wieder zurecht und gaben allem den alten Platz und die alte Stelle wieder … Da stand die Besan, der kleine Achtermast, zierlich wie der kleine Finger eines Riesen, so keck und wie ein Fischerjunge, der sieben Jahre im Ewer gefahren hat und jetzt Knecht werden kann, wie es in der alten Finkenwärder und Blankeneser Schollenfängerei Brauch war. Die Besan war der kleine Bruder des Großmastes und brauchte längst nicht so viel zu tun wie er, deshalb guckte sie auch meistens gradeaus in den blauen Heben hinein oder nach den weißen Wolken hinauf. Der große Mast aber stand vornübergebeugt da wie ein Atlas und trug Schiff und Schiffer samt Knecht und Jungen von der Elbe nach Helgoland und Terschelling und Fanö, nach Juist und List, nach Weser und Eider, er war es, der das Grundnetz, die schwere Kurre, über den weichen oder steinharten Meeresboden schleppte. Gebeugt von so vieler, großer Arbeit, blickte er über die Fock in das unruhige Wasser hinein. Wenn es aber grau aus dem Westen kam, wenn die Wolken auf der Flucht waren vor dem alten, ungebärdigen Jäger, der unaufhörlich seinen Hunden pfiff, dann stand einer treu beim andern, und beide Brüder trotzten wohlgemut in einem Wetter, schlugen in gleicher Kraft mit den Segeln und donnerten gleich vergnügt mit den Schotenblöcken. An guten Tagen gab's dafür zuzeiten einen kleinen Streit, eine »Streiteratschon,« wie die Frauen am Deich sagen: dann rühmte der Kleine sich als der feinere, weil der Schiffer unter ihm stehe, und weil er in seinem Nachthaus den allwissenden, runden Herrgott trage, den Kompaß: dann wies der große Mann prahlend seinen hansenfarbigen, weißroten Flögel, mit dem der Tümmlerschwanz dahinten in der Tiefe gar nicht antreten könne, und tat sich unglaublich viel auf seine drei Lichter zugute, das gelbe Fischerlicht und die grüne Steuerbord- und rote Backbordlaterne ... Noch letzten Sommer, als wir zwischen Langeoog und Spiekeroog trieben, in stiller, warmer Luft, mit hängender Kurre und hängenden Segeln, hatte ich sie so streiten hören, als ich allein auf den Luken saß und einen Flicken auf meine Fischerhose setzte. ... Da standen die Segel, die zu meiner stillen Genugtuung immer so gut standen. Zuvörderst der große Klüver, die lange Nase des Ewers, der Jäger und Wager. Was für eine Freude hatten wir jedesmal, wenn wir ihn aus der Segelkoje ziehen konnten, sei es in dunkler, lichterreicher Nacht, wenn wir die Elbe hinunterschäumten, die Brust erfüllt von Hoffnung auf Wetter und Schollen, sei es dwars von Amrum, wenn der Bünn voller Schollen saß und es nach Hause gehen sollte. Da stand die Fock, das zweite Stagsegel, das rillend niedersank, wenn wir die Kurre einziehen wollten, und alle Möwen herbeirief, die sich auf der See gewiegt hatten, – die rasselnd wieder am Mast emporstieg, wenn das Netz wieder schleppte und wir Petri Geschäft fortsetzten, die beim Kreuzen immer so ungeduldig an ihrem Tau riß und das laute »Gohn«! von Vater niemals abwarten konnte, wenn der Ewer sich auf den andern Bug gelegt hatte. Da stand das Toppsegel, das höchste von allen, das mit langem Arm in den nächtlichen Heben hineinlangte, als ob es die Sterne pflücken wolle ... Da stand das gewaltige Grotseil mit dem weißen Namen und den drei Reihen der Reffbänder, das wie ein Riesenvogel über der See schwebte und die halbe Welt beschattete ... Da stand das Besansegel, das immer Flicken trug wie ein Junge vom Deich, der gern überall dabei ist, auf seiner Hose ... Da reckten die Wanten sich in die Höhe, die wie Jakobsleitern in den Himmel gingen, uns Kindern das schönste Turngerät, uns Fischern der beste Ausguck, dem Wind die beste Riesenharfe, müden Vögeln der willkommene Ruheast. Dort saß der Rabe, der nicht mehr fliegen konnte und dort die Brieftaube, der der Ostwind über geworden war. Da liefen die Taue herab und an jedem hing eine kleine Geschichte, wie jedes seinen Namen hatte. Da standen das Spill und die Winsch, deren besonderer Klang durch Tag und Traum gleich stark hallte und die immer gute Zeichen gaben, Zeichen des Ankerhievens, des Segelsetzens und des Netzeinziehens. Da spannte sich die Gaffel, die beim Dümpeln auf See so lange knarren konnte, bis sie ein Lied oder eine Weise zusammenbrachte, die den Wachtsmann erfreute und ihn wach hielt. Da reckten sich die weißen Giekbäume, auf denen unsere Schollen und Hemden trockneten. Da lag der Kurrbaum im Zepter. Ich leckte ihn als Kind nach jeder Reise, um die See zu schmecken, ob man mich gleich auslachte. Da hing die Kurre zwischen den Masten, die wir so manches Mal fierten und hievten, die wir so manchen Tag ausheilten, wenn die Steine sie zerrissen hatten. Da das Schwert, unser braver Segelknecht, unsre Flosse. Da das Bugspriet, die Pfeife des Ewers, die er nach Belieben kurz oder lang rauchen konnte, der Wegweiser des Schiffes, wenn es nach Hause gehen sollte, das Horn, mit dem es beim Sturme in die Wogen stieß. Der Flögel droben, der bunte Vogel Wippsteert, der sich beständig mit dem Winde drehte. Das Nachthaus mit der Magnetnadel und dem stillen Schein in den Nächten der Fahrt. Das Ochsenhorn, das bei dicker Luft seine tiefe Stimme erhob. Die deutsche Flagge, die wir grüßend aufholten, wenn ein deutsches oder holländisches Kriegsschiff in Sicht kam. Das Tau, mit dem der Rudersmann sich festband, wenn die Seen zu hoch über den Setzbord fegten und der Ewer zu große Sätze machte, … ich sah es und hörte und bedachte es, sah und hörte und bedachte noch viel mehr, denn alles Grübeln findet kein Ufer und keinen Grund, … ich ging meine Jahre durch und sah mich doch immer wieder auf dem Deich stehen, ein Kind, dem alles groß und gewaltig erschien, von den Lindenbäumen vor der Tür bis zu den Giraffen im Zoologischen Garten, die über Häuser und Dächer hinwegguckten, von den großen Händen der Fahrensleute bis zu den Pferden der Bauern und bis zu dem mächtigen Fischerewer mit den ungeheuren Segeln. Als ich größer wurde, führte ich allmählich alles auf das rechte Maß zurück: die Bäume, die Tiere und die Menschen. Nicht aber den Ewer. Bei ihm gelang es nicht und sollte wohl auch nicht gelingen. Unser Ewer blieb groß und gewaltig für mich, auch dann noch, als ich ihn steuern lernte. Ihm konnte die Zeit nichts anhaben: er war und blieb für mich trotz

»Vaterland« das größte und schönste Schiff auf der ganzen, weiten Welt. Nicht einmal Störtebekers Koggen und Utrechts Kraffeln konnten mit unserm Ewer in einer Reihe segeln, ohne dass er ihnen allen Wind aus den Lappen genommen hätte …

Wieder war es mir, als spräche er: Ich wollte, dass ich *geblieben* wäre in Sturm und Wetter, Gorch, und dass sie mich für verschollen erklärt hätten! Dann säße ich still und dunkel bei so vielen Nachbarn unten zwischen den Muscheln und Steinen und hätte Ruhe! Oder dass ich am Deich, in den Binsen hinter dem Bollwerk geruhig gestorben und verrottet wäre, wie mancher andre mürbe Fischerewer. Aber so auf seine alten Tage und mit seinen alten Knochen in den großen, unruhigen Hamburger Hafen hinein, in die kalte Hölle: davor graut mir, Gorch! Ich wollte, dass ich hinter Helgoland untergegangen wäre!

Und Vater? rief ich heftig.

Es schien, als ob er stiller würde. Ja, Vater, Gorch. Er hat nicht bleiben wollen, darum hat er mich verkauft. Die mühsame Fahrt hat ihn grau und alt gemacht. Es wollte nicht mehr gehen. Ich will ruhig sein. Ist Vater stiller geworden, Gorch, seit ich weg bin?

Ich nickte.

Grüß ihn, Gorch! Grüß ihn von Herzen! Wir beide sind doch die meiste Zeit unseres Lebens beisammen gewesen und haben die guten und die bösen Tage hingenommen. Ich habe ihn aus der Nacht in den Tag und wieder aus dem Tag in die Nacht getragen, und er hat mich aus der Stille in den Wind und aus dem Wind wieder in die Stille gesteuert. Wie es zwischendurch auch sein mag, Gorch, am Ende ist wieder Nacht und Windstille um uns. Wir sehen die See nicht wieder und segeln nicht mehr nach der Weser, wo wir so manches Mal waren. Grüß Vater, Gorch! Ich möchte noch einmal alle Segel stehen haben und Vaters Schritt auf den Luken hören, möchte Mutter auf dem Deich stehen sehen, umgeben von dem Hahn mit all den Hühnern, wie sie nach uns ausguckt und anfängt zu winken! Alle Segel am Mast haben, Gorch, das möchte ich noch einmal!

Da ging es mir durch den Sinn: das sollst du, alter, treuer Ewer, sollst es *in meinen Träumen*. Da will ich dich fischen und segeln lassen, solange ich lebe, da sollst du jede Nacht mit Vater und mir um Helgoland kreuzen. *In meinen Träumen!*

Ich sagte es aber nicht, sondern richtete mich nur auf: Wir müssen darauf sinnen, dass wir unser altes, fröhliches Herz behalten und nicht ernst werden. Wehr dich, mein Ewer, wie mein Herz sich wehren soll gegen all den griesen Nebel, der ihm seine Sonne nehmen will!

Das war nicht ganz das Rechte. Ich fühlte es und wollte mich verbessern, als ein Geräusch mich aufsehen hieß. Auf der Werft erschien der Baas, der die Hände in die Hosentaschen gesteckt hatte und langsam näher kam. Ich kannte ihn weitläufig.

»Na, Fock, hebben Se den olen Putt mol överholen wullt? Jä, jä, so süht he nu ut! Is all bannig zeitlich. Mör is he.«

Ich guckte erschreckt den Ewer an und sah, dass er regungslos dalag und dass er gänzlich tot war. Überall klafften Risse, überall hatte der Wurm gefressen. Er sah nun wirklich aus wie ein Wrack.

So schnell es sich machen ließ, erledigte ich mit dem Baas das vergangene, gegenwärtige und zukünftige Wetter, dann kletterte ich in mein Boot, stieß ab und segelte zurück, ohne mich umzusehen.

Mit der Ebbe, die mittlerweile eingetreten war, trieb ich schnell stromab, dem Alten Lande zu, dessen Ziegelschlote in der Ferne verdämmerten. Ich hatte aber eine schwere Fracht in meiner Seele mitgenommen und konnte die großen, dunkeln Augen des Ewers nicht versegeln. So erschüttert war ich noch, als ich auf dem Neß ankam, dass ich nicht vermochte, Vater von seinem Ewer zu grüßen.

Ich habe es niemals getan.

* * *

Da steht mein Ewer vor mir, den mein Bruder mir geschnitzt und aufgetakelt hat aus Erinnerung und Freude heraus. Oben auf meinem Bücherbort steht er. Ich könnte darunter schreiben:

> *Über allen Büchern stehst du –*
> *in deinen Wanten Todesruh.*
> *Dein Schiffer ist müd zum Schlafen,*
> *dein Schiffer steht grau am Hafen*
> *Und blickt in die Ewigkeit ...*
> *O Seefahrt, wie weit, wie weit!*

Finkenwärder Karkmess

Sonnenwende, Sonnenwende!
A und O von Finkenwärder, der kleine schwarze Ewer H. F. l, Jan Sieverts Hoffnung, und der große, weiße Kutter H. F. 190, Jakob Cohrs' Möwe, die noch die Kränze vom Stapellauf in den Toppen flattern hatte, lagen im Köhlfleet beieinander und um sie herum und auf den Schallen ankerten wohl hundertfünfzig große Ewer und Kutter. Schwarz, grün, rot und weiß spiegelten die Steven sich im Wasser und jede Farbe hatte ihren eigenen Sinn.

Schwarz rührte von den alten Fahrensleuten her, die als die ersten das Watt hinter sich ließen und sich auf die offene See wagten, die bei Helgoland und Terschelling die dunkeln holländischen Logger und die schwarzen englischen Smacken sichteten. Sie hatten auch weder Zeit noch Geld, das Fahrzeug anzumalen und aufzuzieren.

Grün brachten die Bauernjungen auf, als sie die Pflüge verrosten ließen und sich auf die Seefischerei warfen. Sie wollten auf der grauen, kahlen See an ihre grünen Felder und Wischen, an ihre Linden und Eschen erinnert sein, wenn sie kein Land in Sicht hatten.

Rot erwählten sich die glücklichsten Fischerleute, die Störfänger und Beutemacher, die Schollenkönige, die gern etwas Besonderes aufzuweisen haben wollen und denen es auf den teuern Zinnober nicht ankam.

Weiß aber war die erklärte Farbe der jungen Fischer, die noch dabei waren, ihr Marinerzeug aufzutragen, und die noch draußen klüsten, wenn andre schon im Hafen lagen. Einer von ihnen wurde gewahr, wie prächtig seinem Kutter der weiße Berg von Schaum und Gischt vor dem Steven zu Gesicht stand, und binnengekommen wusste er nichts Besseres zu tun, als den Bug weiß zu malen, damit das Schiff beständig im Schaum wühle.

Hochwasser!

Eine schlanke östliche Brise bläst von Hamburg herunter, umstreicht Heitmanns weißen Leuchtturm und die mächtige Königsbake, das alte Wahrzeichen von Finkenwärder, rauscht durch das Reet des Pagensandes und lässt die Flögel tanzen: es ist ein Plan zum Fahren, wie er nicht besser sein kann. Und doch bleiben alle Fahrzeuge liegen: nirgends werden die Segel aufgezogen und die Draggen aufgehievt. Wahrlich, es muss ein großes Ding sein, dass diese mächtige Flotte, die gewaltigste der deutschen Küsten, im Hafen festhält und die Helgoländer Bucht vereinsamen lässt!

Es ist ein großes Ding: Karkmess ist da, der Jahrmarkt, der Sonnwendtag der Finkenwärder Fischerei, ein Tag von so großer Bedeutung und so tief eingreifend in das Leben und Treiben des Eilandes, dass es Ehren- und Notsache jedes Fischers ist, heimzufahren und dabei zu sein. Knecht und Junge würden schöne Gesichter machen, wenn sie Karkmess nicht kriegten, und bei den Nachbarn hieße es: »Den geiht dat jo woll bannig lütj: he is jo ne mol Karkmess bi Hus ween!«

Von Finkenwärder erzählen und Karkmess vergessen, hieße nach Rom reisen und den Papst nicht sehen, denn Karkmess ist die große Sonnenwende von Finkenwärder, ist der Nordstrich auf seinem Kompass und Mittelpunkt der Zeitrechnung der Seefischer. Soundso viel Reisen vor Karkmess oder soundso viel nach Karkmess, das hört einer am Deich auf Schritt und Tritt und »söben Weeken vör Karkmess« oder »fief Weeken no Karkmess« sind genaue Zeitangaben, über die kein Zweifel aufkommen kann. Karkmess teilt das Jahr: es ist die Grenze zwischen der Schollenzeit und der Zungenzeit. Vor Karkmess werden in schnellen Reisen nur Schollen gefangen, die lebend an den Markt gebracht werden: nach Karkmess geht es auf die Zungen los, die auf Eis gepackt werden: da sind die Reisen länger und mühseliger und das Geld hat nicht mehr den hellen Klang der Schollentaler.

Die Sonne steht am höchsten: Wotan will nach Süden reiten, aber ehe er sein weißes Ross, den Sleipner, wendet, hält er einen Augenblick in Gedanken inne, und diesen Augenblick benutzen die Finkenwärder Fischer, um ihr Sonnwendfest zu feiern. Ehe sie den dunkeln Nächten entgegensegeln, wollen sie sich der Sonne und des Lebens freuen, wollen sie einen Tag lachen.

Wer das nicht kann, wer bis Karkmess nicht seinen guten Schilling verdient hat, der holt den Rest des Sommers auch nichts mehr aus der See und mag denken, die alten Weiber hätten ihn behext.

Die Ewer kommen nicht auf einmal wie die Hühner, wenn Tucktuck gerufen wird, sondern nach und nach. Schon acht Tage vorher füllt sich das Fleet mit Schiffen: Klugheit und Nachbarlichkeit verhindern, dass alle an einem Tag den Hamburg-Altonaer Markt überfallen und die Fische wertlos machen.

Es gibt auch mancherlei zu tun.

Nicht allein den Sonntag zuvor, an dem alle Fischerknechte und Fischerjungen auf Musik sind und sich en Perd, ein Mädchen, für das Fest heuern, weshalb diese Musik am Deich auch der Pferdemarkt genannt wird, sondern die ganze Woche hindurch. Da ist keine Zeit, den Knackwurstkerlen beim Aufschlagen der Zelte zu helfen oder die Reitbudenpfähle mit einzurammen, denn erst muss der Ewer sein Karkmesskleid haben. Teeren und Schmeeren heißt die Losung, den langen Tag wird geteert und geschmeert, dass der ganze Deich danach riecht und dass das Wasser in allen Regenbogenfarben glänzt. Da wird geschruppt und kalfatert, da wird gemalt und gelabsalbt! Wie Schafe, die geschoren werden sollen, liegen die Fahrzeuge auf dem Sand und lassen alles über sich ergehen, denn sie wissen, dass es gut für sie ist.

Kein deutsches Kriegsschiff kann reiner sein als ein Finkenwärder Ewer zu Karkmess, so viel tut der Schiffer daran. Nicht umsonst hat er holländisches Blut in sich und eine große Lust an Reinlichkeit und Buntheit: so schmückt er seinen Ewer mit bunten Farben und glänzenden Streifen und wird nicht müde, ihn zu zieren.

Da wird der Bünn gründlich gereinigt, da werden die Eiskisten überholt, schlechte Taue ausgeschoren, neue Kurren eingestellt und zerrissene Segel geflickt. Da wird geloht: du liebe Zeit: wie wird geloht! Der ganze Rasen des Deiches liegt voller ausgebreiteter Segel: Großsegel an Großsegel, Fock an Fock, Besan an Besan, und alle werden gebräunt und geloht, damit sie haltbarer werden sollen.

Das Lohen haben die Finkenwärder vor den Blankenesern voraus, die keinen Platz dafür haben (denn in den Sand können sie die Segel nicht legen) und deshalb mit weißen Lappen fischen und segeln müssen.

Überall am Bollwerk bruddelt es in den großen Wurstkesseln, und Fischer und Frauen schöpfen die Lohe und dweilen sie auf die Segel.

Ist das Schiff moi, dann sieht der Fischermann seine Knipptasche an und begleicht die großen Rechnungen, die er beim Zimmerbaas, beim Schmied, beim Segelmacher und beim Reepschläger stehen hat, denn Karkmess ist allgemeiner Zahltag. Hat er sein Schiff noch nicht freigefahren, also das stehende Geld noch nicht zurückbezahlt, so bekommt noch der Bauer seine Zinsen.

In der Aueschule aber tagt die Seefischerkasse, die Schiffsversicherungsgemeinschaft der Finkenwärder Seefischer, die 1835 gegründet worden ist, als schwere Stürme die damalige kleine Flotte zu vernichten drohten. Sie lässt sich die Prozente, das Jahresgeld, bringen, das nach den Verlusten berechnet wird. Das ist wahrhaftig kein grüner Tisch, an dem die sechs Alten mit dem Obervorsteher sitzen! Plattdeutsch wird gesprochen, einer nennt den andern du, jeder weiß, was er will, und niemand braucht nach Worten zu suchen! Das ist der Senat von Finkenwärder, und einen bessern hatte Venedig auch nicht.

Ein fester Bau ist diese Seefischerkasse, ein Denkmal besten Gemeinsinns. Sie ist der mächtige Leuchtturm, der seine Strahlen vom Skagerrak bis zur Themsemündung wirft. Seen wollten ihn unterwaschen, Stürme wollten sein Licht verlöschen: er steht und leuchtet!

Mittlerweile sind sie auf der Aue, von der Müggenburg bis zum Tun, auch nicht müßig gewesen, sie haben gebaut und gezimmert, geklopft und gehämmert auf Deubel kumm rut, bis Zelt an Zelt steht. Dann steigt die Sonne blank und schön aus dem Hamburger Daak und der große Freudentag ist da mit seinen Luftbällen und Reitbuden, seinen Aalzelten und Schießständen, seinen Eiskarren und Lungenprüfern, mit Lukas und Kasper, mit Herkulessen und Feuerfressern, mit Seiltänzern und Negern, mit Hün und Perdün, mit Jubel und Trubel! Die Gören sind wie durchgedreht, und die Jungkerls und Deerns wissen vor Übermut und Lebensfreude nicht, was sie alles aufstellen wollen. Da wird gejagt und geschossen und getanzt und getrunken und gesungen und gelacht: die ganze Aue wirbelt durcheinander. Die Jungen tragen blaue Brillen und Rinaldinischnurrbärte, sie essen Knackwürste und Eis, bis sie nicht mehr können: die Mädchen kaufen sich Puppen und Kokosnüsse und lutschen an Zuckerstangen: es ist einfach unbeschreiblich, was auf Karkmess alles los ist. Die sich erzürnt hatten, vertragen sich und trinken wieder einen zusammen, und die gut Freund gewesen waren, erzürnen sich und kriegen das Tageln: dat is so bi Karkmess mit vermokt. Hein Mück haut den Lukas, dass es knallt, und lässt sich für die hervorragenden Leistungen eine goldene Medaille an die Heldenbrust heften. Jan Tiemann lässt sich elektrisieren, Hinnik Külper tauft seiner Braut ein großes Zuckerherz, Peter Gröhn fordert den Neger sogar zu einem Boxkampf heraus. Und ein Getute und Geblarre, ein Flöten und Knarren, ein Juchzen und Schreien!

Das beste Teil erwählen sich die alten Fahrensleute; sie ziehen ein weißes Hemd an, holen den Stuhl aus der Dönß und setzen sich geruhig auf den Deich. Sie lassen die Karkmessleute an sich vorüberziehen, necken die beladenen Kinder und führen ein nachbarliches Gespräch. Das Allerschönste sehen aber auch sie nicht vor Luftbällen und Kinderspielzeug: die blassen, roten Rosen am Westerdeich und das wogende Korn im Lande und den weißen Flieder auf den Wurten und die Lindenblüten am Elbdeich: das große Sommerblühen. Das geht allen verloren.

Worterklärung

Achterdeck – Hinterer Teil des Schiffes
afdweilen – waschen
Afreken – Abrechnung
Back – Aufbau auf dem Vordeck
backbrassen – die Segel gegen den Wind stellen
Backborder – die Leute von der Backbordwache
Besan – hinteres Segel
Besanmast – der zweite, kleinere Mast
Blaufeuer – Lichtsignal
bleben – geblieben (– ertrunken)
Buscherump – buntes Oberhemd
Büt – Beute, Strandgut
Butenlanner – Nichteinheimischer
Daak – leichter Nebel
deepdenkern – tiefsinnig
Diek – Deich
Dodenlift – Sarg, Totenkiste
dol dönnern – heruntersausen
Dönß – Stube
Draggen – vierarmiger Anker
Dreucheber – Frachtewer
Ducht – Bootsbank
dwars, dwars ab – quer, querab
Dwarsdünung – querlaufender Seegang

Dweil – gestielter Schiffsfeudel

eendohnt – einerlei

eisch – nett, hübsch, auch: ungezogen

eulich – ordentlich

Flage, Floog – Schauer, Bö

flagig – stoßweise

Fleegengedriew – Fliegenpack

fleten Johr – verflossenes Jahr

Flögel – Windfahne auf dem Mast

fluckert up – flackert auf

sössen – stürmen, jagen

Fockschot – Flaschenzug zur Einstellung des dreieckigen Vorsegels

Freedeel! – die Diele frei! Platz für die Kämpfer!

freen – freien, heiraten

Gaffel – Segelbaum oben am Mast

gedweilt – mit dem Dweil aufgewischt

Giekbaum – unterer Segelbaum

glinsern = auf dem Eis glitschen

kole Grösen = kalte Schauer

halsen = vor dem Wind herumdrehen

Heben = Himmel

Helmholz = Ruderpinne

Himphamp = Unfug

Hogel = Hagel

intehn = das Netz einziehen

Jan Jipper = Schwätzer

jon Leef = eure Liebe

jumpen = springen

Kapp = Deckverschluss (der Kajüte) und der Niedergänge im Schiff

Kastetten = Stakett

Kieker = Fernrohr

Kimmung = Horizont

klüsen = hart segeln

Klüber = Klüver, Brille

Kneien = Korbweidengebüsch

Knöbel = deftige Schnitte, Brotknacken

knütten = Netze knoten

Koje = Bett

Kojees = Weihnachtsmann (von: Kind Jesus)

kopfheister, auch heisterkopf = kopfüber

Kreek = Schlitten

Krümm = Wegbiegung

Küsel = Wirbel

Kuff = flachgehender Frachtsegler

Kuhfuß = Brecheisen

Kurre = Schleppnet

zleeg = schlecht, auch schlau

Lieken-Kassen = Leichen-Karsten

schöne Liek, kleine Liek = schönes (kleines) Leichenbegängnis

Logis = Mannschaftsraum

Lohnen = Fußbretter im Boot

Löwen = Bummler, die gelegentlich als Markthelfer für einen Schnaps helfen

Luv = Seite, von welcher der Wind kommt

Makker = Kamerad

Mastbänder = Ringe oder Taue, die die Vorderkante des Segels am Mast befestigen

Mest = Messer

Muck = Kaffeebecher

Müggenburg = Straße in Finkenwärder

nährig = geizig

(Nadel und) Scheeger = Holzschiffchen zum Knoten der Netze

Neiersch = Näherin

Nocken = Ende der Rahen und Gaffeln

peilen = beobachten

Pferde = Taue unter den Raaen, in denen der Fuß beim Befestigen der Segel steht

Pickplaster = Pechpflaster

pleugt = pflügt, gepflügt

Plicht = Aufbewahrungsraum

Polder – Pfahl zum Taufestmachen

prunt – ausgebessert

Pütt – Töpfe

Pütz – Schiffseimer mit Tau

Raa fieren – Segel herunterlassen und festmachen.

Ree – Ruf beim Wenden

reffen – Segel verkleinern

Roof – Deckshaus

löschen – rutschen

ruch – rauh

Salm – Psalm, Gesang

Scharben – Schollenart

scheistern – schwanken, schaukeln

Schilln – Schilling, alte Münze

schillen – schelten

schreet – weint, geweint

Scheinleit – Oberlicht (von Skylight)

Schallen und Fallen – Sande und Bänke, die bei Ebbe trocken fallen

Schapp – Schrank
Schanzen – vakante Stellen (von Chance)
schanghaien – (unfreiwillig) anwerben, heuern
Schummeree – Dämmerung
schwoien – drehen (von verankerten Schiffen)
Seil – Segel
Setzbord – Planke als Reeling
Sift – Sieb
sinnig – leise, sachte
Snööf – Schnupfen
spier Gehür – etwas Gehör
Spint – Zylinderhut
Spill – Ankerwinde
Spöker – Spottname für einen schmächtigen Kerl
Stampfstock – kurzer Stock unter dem Klüverbaum, der ihm durch
    Trossenversteifungen Halt gibt
stewig – stämmig
Steven – vordere Spitze des Schiffs
Streck – Fischzug
Stroppen – Haltetaue
stur – stark
Talje – Flaschenzug
Tiding – Zeitlang
trecht – zurecht
treun – drängen, quälen
tohoop – zusammen
Topp – Mastspitze
trollen – sich davon machen
Tügloden – Zeugladen

Tümmler – Delphinart

U. F. – Uhlenhorster Fährhaus in Hamburg (berühmtes Gartenlokal an der Alster)

up'n Stutz – plötzlich

Utsettung – Tracht Prügel, Abreibung

verklamt – steif gefroren

Wanten – Strickleitern, Haltetaue

Wichel – Weidenbaum

Winsch – Winde

Wischen – Wiesen

woneem – wo

wriggen – mit einem Ruder vom Heck aus rudern

Wruck – Streitmacher

wuschen – gewaschen

Zepter – eiserne Gabe